감남무소식

감감무소식

1판 1쇄 발행 | 2020년 9월 5일

지은이 | 허창옥
발행인 | 이선우
펴낸곳 | 도서출판 선우미디어
　　　　등록 | 1997. 8. 7 제305-2014-000020호
　　　　130-100 서울시 동대문구 장한로12길 40, 101동 203호
　　　　☎ 2272-3351, 3352 팩스: 2272-5540
　　　　sunwoome@hanmail.net
　　　　Printed in Korea ⓒ 2020. 허창옥

값 13,000원

ISBN 978-89-5658-648-9 03810

감감무소식

허창옥 에세이집

선우미디어 sunwoomedia

수필은 내 가슴 속에 자리한 작디작은 오두막이다.

나는 햇살이 가득한 뜰을 거닐며 마음의 소리를 듣는다.

달빛이 지창에 물드는 밤이면 바람소리를 듣는다.

때로 외롭고 때때로 서러우며 또 어느 때는 통곡한다.

하지만 대부분의 시간에 나는 복되다.

내 영혼이 나에게 나지막이 말을 건네면

그 말을 받아 적는다.

그 집에서 나는 고요하다. 평화롭고 자유롭다.

2020년 봄

허창옥

차례

2부 ▪ 내 인생의 나무들

3부 ▪ 넘어지다

4부 ▪ 집으로 간다

1부

감감무소식

나이 들어 생겨난 게 자기연민입니다.
그래, 애썼다. 그만하면 되었다.
그렇게 편안하게 넘어갑니다.
애면글면하면서 살았고
아등바등하면서 세월만 보냈습니다.
그랬다고 사람도 살림도
더 나아진 것 같지가 않은데 말입니다.

매화문양연적

여러해 전에 매화잠을 갖고 싶다는 글을 쓴 적이 있다. 손때가 묻어있고, 문양이 약간 닳은 그런 기품 있는 매화비녀를 갖고 싶다고 썼다. 그건 비녀이기도 하지만 다시 없이 소중한 그 무엇, 생을 온통 바칠만한 그런 가치를 표상하는 것이라고 말했다.

또 하나 내가 갖고 싶은 건 청자연적이었다. 해태모형, 개구리모형 등등. 연적을 갖고 싶은 마음은 갈래머리 여고생시절 국어책에서 배운 피천득 선생의 '수필'에서 시작되었다. '수필은 청자연적이다.' 이 기막힌 문장에서 눈을 떼지 못했다. 하지만 글씨 한 획을 그을 줄 모르고 돈도 없는 학생이 그 꿈같은 보물을 가질 수는 없는 것이었다.

한참, 아니 얼마간이라고 할 수 없을 만큼의 세월이 흘러서 김용준 선생의 '두꺼비 연적을 산 이야기'를 읽었을 때 또 연적이 갖고 싶어서 견딜 수 없었다. 그러니까 내가 연적을 갖고 싶어 한 마음은 두 편의 수필에서 시작된 것이다. 이제 와서 생각해보면 그런 좋은 글을 쓰고 싶은 욕구를 가졌던 것인데 그걸 미처 깨닫지 못하고 다만 연적을 가지고 싶다하였다.

깜냥이란 게 있고, 분수라는 게 있다. 청자연적을 욕심내서 어쩔 것인가. 이십 년도 더 된 이야기지만 저급하나마 실제로 지필묵을 마련했던 적이 있다. 서예교실에 다닐 생각이었는데 늘 그래왔지만 여기서도 핑계를 대자면 먹고사는 일이 바빴다. 하여 차일피일하는 동안 먼지만 쌓였다가 지금은 집안 어디에 있는지 행방도 모를 만큼 완전히 잊혀졌다. 그럴듯하게 글씨를 쓰게 되면 어떻게든 연적을 가져볼 요량이었겠지만 거의 망상에 가까운 희망이었다고 해야 솔직하겠다.

몇 해 전 텔레비전 '진품명품'에 해태모형청화백자연적이 등장해서 이제는 식어버린 연적에 대한 내 열망을 다시 불러일으켰다. 그런데 값이 엄청났다. 값은 그렇다 치고 팔 것도 아니지 않은가. 의뢰자는 그저 자신의 보물이 어떤 이력과 값어치를 지니고 있는지 알고 싶어 했을 뿐이다. 새삼 '연적앓이'에 끙끙대고 있었는데 그해 생일에 딸아이가 매화문양연적을 사왔다. 어디서 샀는지, 얼마인지, 작가가 누군지 아이는 가르쳐주지 않았다. 쌀 한 되 살 돈도 없으면서 두꺼비연적을 사왔다고 나무라던 김용준 선생의 부인이 생각났다. 행여 있을 내 꾸지람을 피하고 싶었던 것이겠지. 오, 그러나 나는 아이를 나무랄 생각이 없었다.

몽돌처럼 둥글고 납작한 모양에 표면이 반드르르하니 매끄럽다. 작은 주먹크기의 몸통에 주둥이선이 수려하다. 옆모습이 영락없는 오리다. 물위에 띄워놓으면 한 마리 청동오리처럼 우아하게 유영할 것도 같다. 무엇보다 점처럼 콕콕 박힌 매화꽃잎 하나하나가 섬세하기 이를 데 없다. 각각의 꽃들은 크기와 음영, 원근이 서로 다르다. 꽃송이들은 따로따로 곱고 전체로 조화롭다. 김용준 선생의 그 두꺼비연적은 못생기기가 이를 데 없는 것으로 묘사되었는데, 나의 매화연적은 어여쁘기가 견줄 데 없다.

연분홍빛인가 하면 연회색인 것도 같은 조그만 자기의 빛깔, 몸통 전체에 성글지도 않고 비좁지도 않게 얌전히 피어있는 여린 꽃송이들, 그래 그걸 보는 것만으로도 넘치는 호강이다. 지필묵을 다룰 능력이 없어도 그만이리. 서가에 나란히 꽂힌 책들 앞에 매화문양연적이 앉아있어서 들고나며 바라보고, 거기에 그것이 있다는 사실 만으로도 가슴이 벅차니 그저 고마울밖에.

게다가 이 매화연적은 매화비녀를 갖지 못한 헛헛함을 채워

주고도 남았다. 그것이 비록 소녀취향의 동경에서 비롯되었다해도 지금은 매화비녀가 표상한, 지고한 가치를 대신하고 있는 것이다. 나는 그 때문에 넉넉한 마음이 된다. 쓰다듬고 바라보는 내 마음은 그러므로 세상 모든 고귀하고 숭고한 것 앞에 진정으로 무릎 꿇는다.

꽃들과 새들, 자연이라는 이름을 가진 모든 것 앞에 고개 숙인다. 인간의 정신과 손길로 빚어낸 모든 창작물 앞에 겸허해진다. 그런 마음이 되는 까닭은 생명을 가진 글 한 편 쓰고 싶다는 소망을 결코 버릴 수 없어서이다. 매화문양연적이 그 소망을 상징한다. 그래서 더할 나위 없이 귀하다.

아침에 J선생이 꽃봉오리가 조롱조롱 맺힌 한 뼘 길이의 매화꽃가지를 몇 개 꺾어다주셨다. 뜰에 매화가 피면 옛 선비들이 술이 익었다고 벗을 부르는 것처럼, 선생은 해마다 내게 매화소식을 그렇게 전해주신다. 몸집이 통통한 유리병에 물을 채워 꽃가지를 꽂아두고 바라본다. 매화를 바라보면서 매화연적을 이야기하는 이 시간, 어이없게도 내가 매화처럼 고결하고 격이 높은 사람이라도 될 것 같은 즐거운 착각에 빠진다.

(2014.)

풍경, 그 맑고 은은한

그래, 아침이구나. 풍경소리를 들으며 잠을 털어낸다. 새벽에 일어나서 소리를 죽이며 움직이던 남편이 이제는 어쩔 수 없다 싶을 때 풍경의 물고기를 흔든다. 습관적으로 늦게 잠드는 나에게 아침잠은 정말 달콤하다. 미진한 잠의 유혹을 이기지 못해 아침마다 헤매는 나를 풍경소리가 기분 좋게 깨워준다. 오만가지 근심에 밤새 뒤척인 날에도, 악몽 때문에 진땀을 흘리다가 늦잠에 빠진 날에도 풍경이 울리면 오, 세상은 그대로구나, 아무 일도 일어나지 않았구나, 마음을 놓으며 남은 잠을 버린다.

휴일엔 금방 일어나지 않고 뭉그적대면서 풍경의 추에 달린 물고기를 오래 바라본다. 물고기는 밤새 눈을 뜬 채 나를 보고 있었다. 물고기는 깨어서 아직도 미몽에 빠져있는 나의 감각을 깨우고 여전히 몽매한 나라는 인간을 각성시킨다. 다그치지 않고 천천히, 맑고 은은한 소리로 평화롭게.

지난봄에 모처럼 두 아이와 경주엘 갔다. 꼬맹이였던 아이들이 자라서 세상에서 제일 바쁜 '대한민국학생'이 되면서 그토록 즐겨했던 가족여행은 영 멀어졌다. 몇 년 전에 제주도 2박 3일, 그리고 이번 경주 1박2일, 그게 다인 것 같다. 우리 부부도 바쁘고 아이들은 더 바쁘다. 전날 밤 안압지 야경을 보고 밤늦도록 막걸리와 주전부리를 마시고 먹으며 속에 있는 말들을 쏟아냈다. 그러다가 어느 대목에선 목소리끼리 예리하게 부딪치기도 했다. 큰 아이는 혼기를 넘긴 채 먼 산 보듯 태평이고, 작은 아이는 아등바등 애쓰는데도 아직 살아갈 방도를 찾지 못하고 있다. 그러니까 우리 아이들은 이른바 아픈 청춘이며, 통계수치에 덧셈뺄셈을 하고 있는 것이다. 다른 잡다한 문제들도 만만치 않아서 우리의 시간은 종종 파열음을 만들어낸다.

막걸리와 목소리의 밤은 다 잊어버린 양 해맑아진 우리는 여유롭게 경주여행에 나섰다. 불국사다. 가까워서 또 내가 좋아해서 경주에 자주가고 그때마다 불국사를 빼놓지 않는다. 언제나 사람들이 많다. 대웅전, 바라보는 것만으로도 경건해지는 무설전無說殿, 그리고 회랑을 천천히 걸으며 여러 전각들을 둘러본 다음 사찰 앞마당으로 돌아왔다. 쪼르륵 걸린 플라스틱 바가지로 옥로수를 퍼 올려 벌컥벌컥 목을 축이고는 느티나무고목 아래 앉았다. 쉴 요량이다. 불국사 앞마당은 넓다. 마당 어디에서 어느 곳을 바라보아도 기대이상이다. 풍경風景이 그만인 것이다.

사찰 옆 언덕배기에 뭉글뭉글 핀 하얀 목련꽃을 올려다보다가 빨강파랑, 삼삼오오 다니는 사람구경을 하고 있었다. 그랬던 것인데 어느 순간 기념품가게가 눈에 들어왔다. 끌리듯 그 앞엘 갔다. 거기 풍경들이 있었다. 물론 사고 싶다. 내가 비상한 관심을 보이니 아이들이 이게 예쁘다, 저게 낫다고 거든다. 남편은 그답게 딱 한 마디다. "어디 달라꼬?" 어디에 달든 그건 나중 일이다.

여러 형태의 풍경 중에서 선이 매끄럽고 부드러운 황금빛을 띤 것이 마음에 들었다. 추에 연꽃모형을 단 것도 있었지만 본래의 뜻대로 나는 깨어있는 물고기가 달린 종을 선택했다. 종의 크기가 예닐곱 살 아이주먹만하다. 몇 번 흔들어보니 그 소리가 청아하다. 소리가 참 곱다. 흔들고 또 흔들어 보고 전체를 높이 들고 이모저모 보았다. 풍경의 걸이 위에 한 마리의 웅비하는 천마가 조각되어있다. 환호하는 나를 보더니 가게주인이 먼저 오천 원을 깎아주겠노라 하였다.

우리 집에 처마가 있는 것도 아니고 따로 현관 앞 어딘가에 풍경을 걸기에 마땅한 곳도 찾을 수가 없었다. 자, 이걸 어쩌지? 어디에 달지? 중얼거리고 있는데 안방에서 풍경소리가 났다. 침대 협탁 위 벽에 풍경을 걸어놓았다. 신통하다. '새벽형' 인간인 남편이 '올빼미형' 인간인 나를 깨우기 위해 기꺼이 종지기 노릇을 하고 있다. 나는 종지기가 밉지 않다. 쉽지 않은 하루가 지나고 잠자리에 누울 때도, 쉽지 않을 것 같은 하루가 예상되는 아침에 일어날 때도 풍경소리를 듣는다.

그럴 때마다 나는 어느 조용한 절집의 아침을 상상해보거나, 유년의 우리 집 처마 끝을 지나다니던 부드러운 바람의 감촉이 뺨에 와 닿는 것 같은 착각에 빠진다. 그러니까 나는 내가 사는 세상이 아닌 어떤 고요한 풍경風景속으로 꿈결인 듯 들어간다. 그렇다고 오만가지의 근심이 사라지는 건 아니다. 자주자주 잠시잠시 그 천근의 무게를 내려놓는다는 것이며, 풍경의 고아한 소리에 내 안의 온갖 시끄러운 소리들이 잠깐이나마 지워진다는 것이다.

풍경 하나가, 그 조그마한 종이 내는 맑은 소리가, 말갛게 눈 뜨고 깨어있는 물고기가 내게 위안이 된다.

(2015.)

내 가슴에 둥실 떠오른 달

'혁오밴드'가 〈큰새〉를 노래한다. 노랫말이 담고 있는 내용을 풀어보면 이렇다. 하늘을 그저 검은 지붕이거니 여기며 달한 번 쳐다볼 여유 없이 날갯짓을 해온 새가 어느 날 문득 어른 〈큰새〉이 되어있는 자신을 발견한다. 하지만 그뿐, 큰새는 여전히 옆을 바라 볼 여유가 없다. 쉴 틈이 없다.

처음 들어본 노래다. 가사의 내용은 깊고 가수의 목소리는 매력적이다. '새'를 제목으로 한 수필을 썼고 그것을 표제로 수필집을 낸 나에게는 노래 '큰새'가 예사롭지 않다. 내 글에도 늦은 밤까지 강물에 발 담그고 먹이를 찾는, 아직 하루치의 일을 마치지 못한 검은 새가 나온다. 글의 주제는 자유이고 이 노랫말에 담긴 염원은 쉼, 그러니까 여유인 것 같다. 맥이 통한다.

새가 나는 것은 생존을 위해서이며, 치열한 생존의 한복판

에선 옆을 살펴볼 여유가 없는 법이다. 무릇 생명을 가진 자의 일이라 공감하면서 노래를 듣는데 얼마 전에 있었던 문학행사가 생각난다. 주제가 "신천에 빠진 달 길어 올리기"였다. 신천 둔치를 걸으며 말 그대로 신천에 얼비치는 달을 보자는 작가들다운 발상이라 할 수 있겠다. 그런데 그날이 하필 음력으로 그믐이었다. 집행부는 "신천에 빠진 달 길어 올리기"란 플래카드와 '달아달아 밝은 달아' '달달 무슨 달 쟁반같이 둥근달'을 새긴 두어 개의 삼각 깃발도 들고 나왔다. 달도 없는데 심하다고 말하면서도 모두들 재미있어했다. 역설이고 해학이다. 달이 없으면 어떠랴. 가슴속에 품은 달을 끄집어내어 신천에 헹구어서 길어 올리면 그만이지. 그쯤은 되어야 작가라 할 수 있지 않겠는가.

신천은 대구를 남에서 북으로 가로지르는 강이다. 본디 천연의 강이었으나 지금은 군데군데 보를 만들어서 가두었다가 풀었다가하는 인공의 강으로 바뀌었다. 신천둔치는 푸르스름한 새벽부터 늦은 밤까지 산책을 하거나 여기저기 마련된 운동기구들로 운동을 하는 사람들의 발길이 끊이지 않는 시민들의 휴식처이다. 다만 보에 갇혀있는 물은 자주 더러워지고 보 아래는 대개 바닥을 드러내고 있는 형국이어서 유감스럽긴 하다. 그 며칠 전 긴 가뭄 끝에 단비가 흠뻑 내려서 그날은 강물이 콸콸 흘렀다. 문우들이 환호를 했다. 떼를 지어 유영하는 잉어들의 군무를 넋 놓고 들여다보고 있는데 누군가가 매운탕운운해서 여럿이 웃음을 터트렸다.

처음 본 가수의 처음 듣는 노래에서 내게로 건너온 건 '그래, 내가 오래 달을 잊어버리고 살아서 마침내 달을 완전히 잃어버렸구나.' 하는 자각이다. 신천을 거닐면서 그토록 기꺼웠던 것도 모처럼의 좋은 시간이기도 했지만 그믐밤에 달을 길어 올리겠다는 그 서정이 참으로 마음에 들었기 때문이다. 그때의 기분이 아직도 남아서 흔흔한데 오늘 노래를 듣고 새삼 그믐밤의 그 보이지도 않은 달이 내 하늘에, 내 가슴에 둥실 떠오른 것이다. 오, 나는 둥실 떠오른 달을 큰새에게 보여주고 싶다. 큰새와 함께 보고 싶다.

토끼가 떡방아를 찧던 달은 오래 전에 사라졌고, '쟁반같이 둥근달'도 잊어버렸다. '이태백이 놀던 달'도 까마득히 멀어진 채로 살고 있었다. 가슴에서 달이 지워졌던 게다. 하늘이 푸른지 검은지 쳐다볼 여유 없이 짧지 않은 세월을 잘도 살아왔다. 언제나 바빠서, 사는 것이 너무 팍팍해서, 달보다 가로등이 훨씬 밝아서, 초승달부터 보름달 그리고 그믐달까지 차고 이우는 그 신비로움을 잊어버린 채 살았다.

나뭇가지에 걸린 달을 보고 동네개가 짖는 정경도 빛바랜

동화책이 되었다. 지창에 비친 달그림자를 보고 시를 짓고 묵화를 그리던 선인들의 풍류도 낡은 고전이 되었다. 물론 달을 전혀 보지 않은 것은 아니다. 하얀 낮달을 보기도 했고, 이따금 잘 생긴 둥근달을 만나기도 했다. 추석이나 정월대보름이면 보름달을 보겠다고 낮부터 벼르다가 정작 초저녁엔 깜박해서 깊은 밤에 아차! 할 때도 더러 있었다. 그러니까 달을 보기는 했으되 정을 품지 않았다는 얘기가 된다.

자, 이제 좀 더 유정한 마음으로 달을 바라보자. 달이 있는 밤에 쏟아지는 별들도 함께 볼 수 있으면 더할 나위 없겠지만 별들은 웬만해서 보이지 않는 하늘이 되어버렸다. 달을 보면서 살자고 새삼스레 주절대는 것은, 뜬금없이 '달 타령'을 하는 까닭은 그 달이 '큰새'가 잃어버린 여유이며 동시에 내가 놓쳐버린 마음자리이기 때문이다. 그게 해든 달이든 내가 바라보아야 할 것은 한자락 여유이며 비워두어야 좋을 여백인 것이다.

(2016.)

꽃분이들을 위한 헌사

꽃샘바람이다. 바람 속에서 신천의 수양버들은 연둣빛의 길고 풍성한 가지들을 멋들어지게 흔들고 있다. 늘어선 버드나무들의 배경에 이제 곧 개나리가 만개하겠다. 바람은 꽃을 샘내지만 꽃은, 여린 꽃들은, 세상의 모든 꽃들은, 바람을 이겨내고 아름다이 피어서 열매를 맺고 씨앗을 퍼뜨린다. 그리하여 제가 귀한 꽃임을, 세상을 세상이게 하는 환한 꽃임을 그 한살이로 보여준다.

분출이란 여인이 있다. 일흔한 살이다. 위로 언니가 여섯이나 있었단다. 칠공주의 막내다. 그 여인이 이름의 내력을 얘기했을 때 정말이지 아연했다. 나는 요즘의 젊은이도 아니고 그런 이름이 생긴 시대적 또는 심리적 배경을 알고도 남을 만큼 나이를 먹었다. 하지만 이건 좀 심하다는 생각이 들었다. 셋째부터 딸막이, 분남이, 말남이('남'에는 동생이 남아로 태어났으면 하는 염원이 담겨있다.)를 무슨 부적처럼 붙였건만 기어이 분출씨가 태어난 것이다. 가루 분粉, 단장할 분이다. 나쁠 까닭이 없다. 오히려 예쁘다. 날 출出, 뭐 이것도 그리 나쁘지는 않다. 예쁘거나 세련되지는 않지만 글자 자체에 문제가 있어보이지는 않는다.

나는 하루에 수십 명의 이름을 확인하고 소통하며 일을 한다. 예쁘거나 우아하거나 때로는 그 뜻이 준엄하기까지 한 이름들을 대하게 된다. 하지만 반대의 경우도 심심찮게 만난다. 나이 지긋한 여성의 이름들이 특히 그렇다. 중학교 때 내 친구 중에 분희가 있었다. 그 이름은 내 이름처럼 예사로운 이름이었다. 그 친구도 나도 이른바 딸부자집의 셋째 딸이다. 내게 붙여진 평범한 이름에 딱히 불만은 없었지만 나는 은지, 현수, 소영이 같은 예쁜 이름을 부러워했었다. 어느 날 분희가 말했다. 또 딸을 낳아 분해서 분희란 이름을 지었다고. '분해'가 아닌 게 어디냐고 말하며 깔깔 웃었다. 내 이름은 감지덕지네 하면서 나도 웃었다.

분출씨는 '분하다'가 거의 극에 달한 일곱 번째 딸이다. 시어머니, 그러니까 분출씨의 할머니가 부엌에서 미역국을 끓이면서 "무신 놈의 뱃속에 가시나만 소복이 들었노!"라고 혼잣말을 했는데 방금 일곱 번째 딸을 낳은 엄마가 들어서 울고 또 울다가 아기를 이불로 덮을까, 얄궂은 생각을 하다가, 화들짝 놀라서 아기를 안고 잘못했다고 말하면서 또 오래 울었다고 한다. 뱃속에 딸만 소복이 들어있었던 여인은 소실이 비단치마자락을 펄럭이며 당당하게 입성해도 보고 있을 수밖에 없었다. 생물학적으로 태아의 성별을 결정짓는 게 여성의 탓이 아니라는 걸 이제 모두들 알고 있다. 하지만 그런 시절이 있었다. 지난 일은 지난 일이니 돌이킬 수가 없다. 오호, 애재라!

며칠 전에 '분통'이란 이름을 가진 여인이 왔다. 나는 그 이름을 부를 수가 없어서 그냥 눈을 맞추며 소통을 했다. 내가 아는 이름들을 대충 나열하면 이렇다. 끝남이, 분생이, 분남이, 딸막이, 또순이, 그리고 위의 분출이, 심지어 분통이. 물론 이런 이름들 중에서 아기를 낳은 여인을 압박할 의도 없이 정말로 그 이름이 어여뻐서 지은 경우도 없지는 않을 터이다. 그분들에겐 대단히 미안하지만 '분'이 붙여진 연유가 대개 그러했다는 얘기다.

다행이다, 정말 다행인 것이 이미 오래 전에 그런 세상이 끝났다는 것이다. 딸이든 아들이든 금이야 옥이야 차별이 없다. 이젠 누나가 먼지 자욱한 공장에서 실 풀어서 남동생 공부시키는 세상이 아니다. 또 딸을 낳았다고 미역국조차 끓여주지 않는 시어머니도 없다. 출산은 경사 중의 경사다. 더 이상

아기의 성별에 따라 축복의 강도가 달라지는 시대가 아니다.

생각해보면 세상의 모든 분출씨들이 세상의 모든 딸들과 아들들을 낳았고 그 아이들이 성장하여 또 금쪽같은 아기들을 낳았다. 생명들이 이어지고 이어져서 인류가 되고 세계를 형성하였다. 개개의 인간은 숭고하며 인류는 유장하고 장엄하다.

이제는 할머니가 된 세상의 모든 분출씨들에게 찬사를 보낸다. 그들의 이름 위에 꽃으로 엮은 관을 씌워드린다. 꽃분이, 꽃분이님, 여기에서 꽃은 흔히들 생각하듯 여성이란 의미의 꽃이 아니다. 말 그대로 꽃이다. 비할 바 없이 아름다운 꽃이다. 오랜 습속 때문에 까닭 없이 서러움을 당한 그들에게, 그럼에도 굳건하게 잘 살아온 그들에게, 경의를 표하며 붙여드리는 '꽃'이다. 김꽃분님, 이꽃분님, 박꽃분님.

꽃샘바람이 불어도 꽃은 피고 꽃들이 피어서 세상은 아름답다. 그런 세상을 만들어준 '시대'의 어머니들에게 이 글을 바친다.

(2016.)

유장하게 또는 유유하게

물소리 고요하다. 낮은 소리로 낮게 흐른다. 비슬교 아래 계곡이다. 물은 많지 않고 소리도 약하지만 앉아서 쉬기엔 부족하지 않다. 비슬산 산행을 마치고 내려오다가 발을 담그고 싶었다. 나는 계곡을 좋아하고 흐르는 물소리를 많이 좋아한다. 그만 내려가자는 남편을 붙잡고 갈 길을 늦추었다.

다리는 높다. 풀숲 사이로 좁은 길이 나 있다. 발자국들이 만들어냈을 길 아닌 길을 따라 내려왔다. 길은 본시 그런 것이다. 그게 물리적 길이든 추상적 개념이든 길은 먼저 걸어간 사람들이 다져놓은 것이다. 바윗돌들을 위태롭게 밟으며 들어왔다. 사람들이 많다. 남자들, 여자들, 아이를 데리고 온 젊은 부부들이 자리를 깔고 혹은 자리도 없이 따로 또 같이 앉아서 한나절을 보내고 있다. 아예 누워서 낮잠을 즐기는 이들도 있다. 아이들 소리 왁자하다. 사람들이 모여 있는 자리면 어디에서나 볼 수 있는 음식상사들, 소주병들 그리고 화투판도 보인다.

참한 돌을 골라 앉는다. 운동화와 양말을 벗어서 옆에 두고, 쥘부채도 접어두고, 좀 과장해서 말하자면 나는 이제 선경仙境에 들려한다. 선仙이란 결코 이를 수 없는 경지란 걸 잘 알고 있다. 다만 그런 기분이고 싶다는 것이다. 비슬산의 수려한 경관에 매혹당하며 시간을 보내고 지친 발을 적신다. 흐르는 물은 맑디맑다. 비슬교 아래 앉아서 눈을 감으니 그 이름처럼 어디선가 비파소리, 거문고소리가 나는 것 같은 착각에 빠진다.

하얀 원피스를 입은 예닐곱 살쯤의 아이가 허리를 숙이고 물속을 들여다보고 있다. 검은 나비 한 마리가 날아오더니 아이의 등에 앉는다. 흑백이 명징하다. 아이도 나비도 예쁘다. "아빠, 잡았어!" 아이가 허리를 펴니 나비는 팔랑거리며 숲속으로 사라진다. "여기 담아라." 빨간 플라스틱 채를 들고 열심인 아빠는 고개도 들지 않고 대답한다. 슬쩍 넘어다보니 다슬기 여남은 개가 엎혀있다.

남편은 그늘이 내려온 바윗돌에 앉아서 땀을 식히고 나는 오후의 따끈따끈한 햇살을 받으면서 물소리를 듣고 있다. 오래전, 지리산 산청계곡에서 들었던 물소리를 잊을 수가 없다. 전날 폭우가 내렸었다. 불어난 물이 뇌성처럼 소리를 지르며 흘렀다. 거칠고 사나웠다. 그때 나는 삼십대였다. 무서웠고 가슴이 떨렸지만 그 미친 것 같은 물소리가 좋았다. 젊음 탓이었겠다.

그날의 물소리를 떠올리면서 하염없이 앉아 있다가 무심코 눈을 드니 바로 앞에 잘 생긴 오동나무가 보인다. 오동나무는 언제 보아도 의연하다. 가지들이 나뉘는 곳에 생긴 옹이들마저 아름답다. 옹이에는 한살이를 살아내고 있는 나무의 고통이 뭉쳐져 있을 터, 외경을 느낀다. 바람이 넓적한 잎사귀들을 살짝 흔들더니 내 얼굴을 만지고 종아리에 감긴다. 촉감이 비단실 같다. 발은 물속에서 시원하다.

악동 서넛이 물총놀이를 한다. 그 물 한 줄기가 나를 쏘았다. 시원하다. 아이들은 즐겁고 어른들은 떠들거나 잠을 자고 나는 홀로 물소리를 즐긴다. 물소리라고 했으나 너무 고요해서 소리가 없다. 산청계곡의 물은 유장했고 여기 비슬교 아래 흐르는 물은 유유하다. 유장하거나 유유하거나 물은 그저 흐를 뿐이다. 사람의 한 생애도 그렇다. 그저 살아가는 것이다. 때로 유장하게 때때로 유유하게.

사람의 한 생애가 그렇다고? 내 삶이 유장했다고 할 수 있을까. 내 언제 휘몰아치는 폭풍우를 견뎌냈던가. 땀 흘리는 노역을 했던가. 사회구성원으로서, 글 쓰는 사람으로서 목소리 한 번 제대로 냈던가. 오, 그러나 나는 나대로 치열하게 살았다. 지금도 그렇고 남은 날들도 그럴 것이다. 한낱 필부의 삶이라

할지라도 들여다보면 대개 신산하고 더러는 몹시 지난하다. 하여 살아냈다는 것만으로도 무릇 생애는 유장한 것이다. 그러니 용서하시라. 내 생애 또한 그러려니 감히 유장했고, 유장하다고 말할 수도 있겠다.

난감한 건, 유유했노라고 말할 자신이 없다는 것이다. 밥벌이에, 글쓰기에 쫓기는 건 물론이려니와 쓸데없는 일들에까지 휘감겨서 늘 전전긍긍하며 살아가고 있다. 바쁘다. 그런데 그 바쁘다는 게 일 때문이 아니라 마음 탓이란 걸 모르지 않는다. 몸도 마음도 편안해지고 싶은데 그게 안 된다. 정말이지 물 흐르듯 살고 싶다, 콸콸 졸졸.

물소리는 만사를 잊게 한다. 내 속에서 일어나는 시끄러운 소리들이 물소리에 얹혀 떠내려간다. 세상에 가득 찬 크고 작은 소리들도 잠재워준다. 나는 한 사람 길손이 되어 지친 발을 물속에 담그고 탁족의 한때를 보내고 있다. 발을 씻고 나를 씻는다.

곧 수천수만 가지 세상사가 뒤얽힌 일상으로 돌아가겠지만 이 시간 나는 온전히 평화롭다. 도무지 일어날 생각이 없는데 어스름이 내려와 계곡을 덮는다. 가야지, 가서 또 살아봐야지. 유장하게 또는 유유하게.

(2016.)

감감무소식

은우, 그대와 나는 비슷한 시기에 등단해서 오랜 연을 이어 가고 있습니다. 하지만 우리는 감감무소식인 채로 몇 해씩이나 보내곤 합니다. 그대가 있다는 생각조차 하지 않고 지낼 때가 더 많습니다. 그러다가 전화 목소리라도 나눌 때면 스스럼없이 속을 다 드러내곤 하지요.

어제는 건물 앞 화단에 찔레를 심었습니다. 나무의 면모를 갖추지 못한 가녀린 묘목이지요. 언제쯤 그것에서 가지가 뻗어 나오고 잎이 무성해져서 꽃이 필까요. 몇 해 전, 뒤꼍화단에 이웃 음식점에서 폐수가 흘러들어 해마다 하얀 꽃이 무더기무더기 피던 찔레가 죽어버렸습니다. 이 건물의 작은 공간에 내 일터가 있습니다. 건물주인은 폐수에 빠져 죽은 찔레와 단풍나무를 보더니 혀를 끌끌 차고는 그만이었습니다. 건물주인도 가만히 있는데 내가 뭐라고 할 처지는 아니었습니다.

봄볕이 가까우니 찔레꽃이 보고 싶어졌습니다. 건물주에게 앞 화단의 빈 곳에 찔레를 심지 않겠느냐고 물었습니다. 그는 인심이 좋은 사람입니다. 며칠 후에 찔레 묘목을 주며 허허 웃었습니다. 작은 나무 하나 심을 땅 한 조각이 없어도 그만입니다. 이 봄에 나는 찔레를 심었고 꽃을 기다리니 한껏 흐뭇할 따름입니다.

일요일 오후엔 수채화를 그립니다. 이리 말하니 제법 그럴 듯합니다만 실상은 그렇지가 않습니다. 언젠가 〈헤르만 헤세 전展〉에 갔다가 헤세 선생님의 화집을 사왔습니다. 화집을 보면서 수채화를 그리고 싶었고, 급기야는 버킷리스트의 첫 번째 목록으로 격상시켰습니다. 언감생심 화가가 될 생각은 없기 때문에 저급해도 괜찮다고 여겼습니다. 베끼는 것부터 해볼 요량이었습니다. 그것도 소질이 있어야 하는 것인데 내게 그런 게 있을 리가 없지요. 비슷하게 그린 데 불과합니다. 책에 있는 그림을 몽땅 스케치북으로 옮겼습니다. 그걸로 그만, 수채물감을 풀 생각을 접은 채 여러 해를 보냈습니다.

물감이 없다, 물감이 없네, 채색할 자신이 없어서 생각날 때마다 끙끙거린 것인데 얼마 전에 딸아이가 수채물감과 굵고 가는 붓들과 팔레트를 사다주었습니다. 거실에 신문지를 넓게 깔았습니다. 빵빵하게 배가 부른 유리병에 물을 담고, 색색의 물감들로 팔레트의 칸들을 채웠습니다. 헤세 선생님은 노란색을 참 많이 쓰셨습니다. 집도 땅도 산도 노랬습니다. 노란색은 지상에 내리는 햇살, 그러니까 신의 은총이란 생각이 들었습니다. 지난 일요일엔 채색을 하다가 문득 서늘한 느낌에 고개를 들었더니 햇살이 머물렀던 자리에 그늘이 들어와 있었습니다. 몰입했던 것입니다. 뿌듯했습니다.

은우, 겨우 찔레묘목 하나를 심어서 한껏 기분이 좋고 저급한 그림을 그리고도 뿌듯해지는 내가 부끄럽지는 않습니다. 나이 들어 생겨난 게 자기연민입니다. 그래, 애썼다. 그만하면 되었다. 그렇게 편안하게 넘어갑니다. 애면글면하면서 살았고 아등바등하면서 세월만 보냈습니다. 그랬다고 사람도 살림도 더 나아진 것 같지가 않은데 말입니다.

글쓰기가 특히 그랬습니다. 오늘이 어제보다 더 잘 쓴다는 생각이 도무지 들지가 않는 것입니다. 지나간 시간에 공들였던 걸 생각하면 허무하기 짝이 없는 일입니다. 사는 것도 그렇습니다. 하나 둘 질병이 생겨서 떠나지 않습니다. 지병이란 놈이 되어 들러붙어 있는 것입니다. 거기에 대응하는 방식은 이렇습니다. 병원 가고 약 먹고 운동하고 단순해지는 것입니다.

단순해진다, 여기에 답이 있는 것 같습니다. 글쓰기에도, 생의 여러 난제들에도 단순하게 대처하는 것입니다. '잘 써야지'

를 '즐겁게 써야지'로 바꾸려 합니다. '잘 살아야지'를 '그냥, 살아야지'로 타협할까 합니다.

날이 풀려서 이따끔 신천강변을 걷습니다. 수양버들 늘어진 가지에 연둣빛이 완연합니다. 개나리가 만개해서 둑을 풍성하게 덮었습니다. 둑 너머 신천대로에 죽 늘어선 가로수에 까치집들이 여럿 보입니다. 어떤 나무에는 네 채나 있었습니다. '채'가 맞겠지요? 폭풍우에도 건재할 만큼 튼튼한 공법으로 축조한 새들의 집을 '개'로 비하하면 안 되는 것이겠지요. 아직은 벗은 가지들이 다소 힘겨워 보였습니다. 나무는 까치들에게 품을 내어주었고 까치는 그 품에 들어서 종족을 이어갑니다. 단순하면서도 심오한 자연의 이치인 게지요.

최근에 『유리알 유희』를 다시 읽었습니다. 명인 요제프 크네히트가 지향하는 완벽한 삶이 너무 고요하고 명랑해서 오히려 무겁게 느껴졌습니다. 다행히 그는 정점에서 모든 걸 내려놓고 겉보기에는 매우 단순하고 작은 임무를 택합니다. 그의 결단에 외경을 느꼈습니다. 그는 곧 죽음을 맞이하게 되지만 그 이야긴 오늘의 명제가 아니기에 예서 그칠게요.

은우, 여기까지가 나의 근황입니다만 그대의 안부는 묻지 않겠습니다. 우리는 늘 감감무소식인 채로 잘도 지내니까요. 내내 평안하시기를. (2014.)

하루살이에게 경의를

날파리 한 마리가 나를 따라 다닌다. 한 개의 검은 점이 코앞을 날아다니는데 여간 성가시지가 않다. 종횡무진으로 날다가 바싹 다가와서 뱅글뱅글 돌기도 한다. 신경이 날카로워진다. 도대체 잡을 수가 없다. 고 작은 것이 나를 놀리고 있는 것 같아서 약이 오른다.

깨알만한 것이 간도 크지, 잡히기만 하면 죽을 텐데. 나는 저에게 감정이 없었거늘, 왜 괜한 살의를 품게 하는가. 오른손을 펴서 순간동작으로 휘두르며 쥐었다 펴보면 번번이 빈손이다. 내 장풍을 깔깔 비웃으며 빛의 속도로 피했다가 금세 돌아와서 또 뱅글뱅글 돈다. "대체 왜 이러느냐. 날 놀려먹기로 작심을 한 것이냐." 이 깨알만한 것의 날갯짓을 손은 물론이거니와 눈으로조차도 따라 잡을 수가 없다. 현란하고 민첩하다.

이 비행의 목적이 무엇인가. 고것이 아무리 미물이라고 하

나 아무런 목적도 없이 이 같은 몸짓을 계속할 리가 없다. 제깟
게 아무리 잘 날아봐야 날파리다. 제 한살이가 겨우 하루나
이틀, 길어보았자 며칠이 아니겠는가.

그토록 귀하디귀한 시간을 저와 아무 상관이 없는 나에게
소모하는 걸 보면 필시 저한테 요긴한 뭔가를 내가 갖고 있다
는 뜻이다. 그게 뭔가. 얼른 내주고 편안하게 일을 하고 싶다.
그것은 본시 부패해가는 그 무엇이 내뿜는 냄새에 꼬인다. 설
마 나한테서? 그렇다고 해도 그게 저에게 필요한 뭔가는 아닐
것인데 대체 왜 나를 공격하는가. 입은 이미 퇴화하여 먹을
수도 없겠다. 입이 그러하니 나를 물 수 있는 것도 아니고, 침
이 있어 내 살갗을 뚫을 수 있는 것도 아니지 않는가. 게다가
작은 씨앗만한 걸, '왜~앵' 소리도 내지 못하는 주제를 내가
무서워할 까닭도 없는데 웬 헛짓인가.

고것이 헛짓을 멈추지 않아서 내 분기는 서서히 탱천한다.
하여 연신 손을 휘두른다. 그러니까 저의 헛짓에 무심하지 못
하는 나도 도무지 소용없는 헛손질을 거듭한다. 여름 한나절
을 저와 내가 그렇게 견뎌내고 있다. 얻을 것도 없는데 힘만
빼고 있는 저나, 잡지도 못하면서 속고 또 속는 나나 우주의
시간으로 보면 찰나를 사는 티끌 같은 존재이다. 저와 내가
같은 시간, 같은 공간에서 숨을 쉬며 각각의 몸짓으로 생의

한때를 보내고 있는 것이다. 살의, 분기탱천이란 말을 썼지만 실은 과장이다. 약 오르는 정도가 딱 맞다. 제 살아가는 방식이 그러한데 내가 너무 과잉 반응했다는 생각도 든다. "너를 업신여겼다. 미안하다."

눅눅하다. 어떤 이는 우산을 쓰고 걷지만, 또 어떤 이는 그냥 걸어도 괜찮은 정도의 물기다. 습도 90%, 체감온도 31도, 날파리 한 마리가 눈앞에서 어지럽게 날아다닌다. 그게 지금의 정황이다. 날씨 탓이고, 사소한 일에 자주 속을 뒤집는 내 탓이다. 불쌍토록 작디작은 생명체에게 '매머드'의 덩치일 내가 짜증을 내거나 역공을 하는 것은 공평치가 않다. 손해 본 것도 없고 더구나 공포감을 느끼지도 않았다.

오해를 하지 말아주었으면 한다. 푸근하지 못하고 쉽사리 감정에 휘둘리는 사람이 갑자기 초연해지거나 관대해질 리는 없지 않은가. 모기나 바퀴벌레도 까닭이 있어서 생겨났고 살 권리가 있다는 걸 알지만 해충이란 이유로 보이는 대로 살충제를 뿌린다. 어쩔 수 없는 일이라고 생각한다.

하루살이에게서는 왜 한 발 물러서는가. 살다보면 그러고 싶을 때도 있는 법이라고 말할 수밖에 없다. 더 솔직히 말하면 '나'라는 부질없는 목표물을 떠나지 못하는 하루살이의 그 '살이'가 불현듯 애련해졌다고나 할까. 음식찌꺼기, 축축한 쓰레기더미, 퀴퀴한 하수구가 하루살이의 삶의 현장이다. 그런 지저분한 곳이 저의 자리인 것은 숙명일 뿐이지 살이 그 자체가 불결한 것은 아니다. 애벌레로 오래 음지에 있다가 성충이 되어서야 잠깐 날개를 펴는 그 한살이를 생각하면 불쌍하기 짝이 없다.

불현듯 애련하다, 이 마음이 얼마나 갈지 모르겠다. 잠시 소강상태에 들어갔기에 그런 생각을 하게 된 것인지도 모른다. 또 날아와서 심기를 건드리면 나는 다시 하루살이를 고것 또는 제깟 것이라 지칭하며 손을 휘두를 것이다. 하루살이에 대한 내 느닷없는 측은지심은 그렇듯 진정성이 결여된 것이다.

마침내 날아가 버렸다. 내게 볼일이 끝났는가, 아니면 하루살이의 그야말로 '하루살이'가 마지막에 이르러 어딘가에서 날개를 접으려 하는가. 찰나 같은 그 한 생에 경의를 표한다.

(2013.)

겨우내

일터 건너편, 주유소가 있던 자리에 커피전문점이 들어섰다. 처음 문을 연 날 바람이 많이 불었다. 플라타너스 낙엽들이 아스팔트 위를 휘돌고 흩날렸다. 손님들이 길게 줄을 섰다. 저 사람들은 어디에서 왔는가. 어제까지는 대체 어디에서 커피를 마셨나. 만추의 정취와 커피향이 매혹적으로 다가왔지만 일이 없는데 일부러 가기도 그랬다. 가을이 가고 겨울이 왔다.

지난여름부터 주유소와 세차장이 있던 곳에 건축공사가 시작되었다. 빠르게 또는 더디게 커피전문점이 완공되었고 바로 옆에서 공사 중인 건물도 거의 막바지 작업에 이른 것 같다. 일을 하다가 눈을 들면 왕복 4차선 도로 건너편에 젊은이들이 조르륵 앉아있다. 컴퓨터나 책을 앞에 두고 온종일 붙박이다. 틈만 나면 그들을 바라본다. 간절함과 열정에 차 있을 젊은이들을 걱정하는 마음이 되고 응원하는 마음이 된다.

저물녘에 서둘러 일을 마치고 건너편으로 갔다. 카페라테 한 잔을 받아들고 2층으로 올라갔다. 사람들이 둘씩 셋씩 빼곡히 앉아있다. 연인들이 많다. 창가 자리를 찾았는데 예닐곱 명이 나란히 앉아있다. 바로 뒤 2인용 자리에 앉았다. 그리고 젊은이들의 굳은 등을 바라보았다.

어쩌면 커피 맛이나 향에 끌린 게 아니라 그들을 가까이서 보고 싶었는지도 모르겠다. 긴 머리, 짧은 커트머리, 황갈색 머리, 뭐 고만고만한 젊은이들이다. 모르긴 해도 지금 그들은 힘든 시간을 보내고 있을 터이다. "가장 대중적이면서 절박한 문학"이라는 자기소개서를 쓰는데 이골이 난 이 시대 젊은이들이 하루 종일 앉아서 공부를 하는 곳이 카페이고 그런 사람들을 시쳇말로 '카공족'이라고들 한다. 그런 공간을 마련해 주는 것이 카페운영의 전략이기도 하단다. 젊은이들을 생각하면 고맙기도 하고 마음 아프기도 하다.

커피 한 잔을 오래 마시고 천천히 계단을 내려온다. 춥다. 주머니에 손을 넣고 옴츠린다. 지금은 내부 공사 중인 옆 건물에서 정씨가 손을 마주 털면서 나온다. "아이구! 안녕하세요?" "좀 괜찮으세요?" 그와 나는 잠시 아는 체를 하고 스치듯 지나간다. 커피전문점과 비슷한 시기에 세차장을 뜯어내고 땅을 고르더니 어느새 3층으로 된 구조물이 모습을 드러냈다. 며칠 전 건물의 외벽에 "3월 중 오픈"이란 큼지막한 현수막이 붙었다. 무슨 외제자동차회사가 들어선다고 한다. 날씬하고 빛나는 외제자동차들의 집을 아직도 남의 집 산다는 정씨가 짓고 있다.

아침부터 해저물녘까지 여기서 일하는 정씨는 내 나이 또래다. 공사장에서 일하기에는 버거운 나이인 게다. 그는 허리춤에 연장을 주렁주렁 달고 길 건너의 나를 찾아오곤 한다. 손을 베어서도 오고 삭신이 아프다고도 온다. 감기기운은 그의 말대로라면 달고 산다. 온종일 '한데'서 일을 하니 몸이 가벼울 까닭이 없다. 주름살이 굵게 팬 얼굴은 구릿빛이고 손은 몹시 거칠다. 형편이 아직은 일을 놓을 수가 없다고 했다.

나는 일하다가, 안온한 공간에서 일을 하다가 문득 내가 일자리에 너무 오래 앉아 있어서 저 청년이 지금 저러고 있나? 하는 생각을 할 때가 있다. 그러면서 나는 나대로 사정이 있어서 일을 할 수밖에 없다고 생각하는 것으로 끝맺음을 한다. 시퍼렇게 언 정씨와 그의 동료들이 어디어디가 아프다고 할 때 나는 아프다고, 고달프다고 하면 안 되는 것이지 하다가 또 나도 많이 힘들다고 마무리한다.

그렇게 사는 것이다. 청춘들은 틀어박혀서 좀처럼 보이지 않는 출구를 향해 책장을 넘기고, 수많은 정씨들은 묵묵히 연장을 만지면서 하루하루를 보내고 있다. 저마다 치열하게 개인사를 쓰고 있는 것이다. 그 모든 시간은 그러므로 그럴만한 가치가 있다는 생각이다. 하여 그 시간들을 '겨우내'란 세 글자로 압축해도 될 것 같다. 우리 모두에게는 '겨우내'가 있다.

먼 산의 눈이 녹아내리고 얇아진 얼음장 아래로 물이 흐르기 시작하면 언 땅이 풀어진다. 봄이 멀지 않은 게다. 봄은 각각 다른 곳에서, 다른 시간에, 다른 사람에게 기별을 할 것이다. 그 기별을 기다리는 간절함이 없다면 무슨 수로 '겨우내'를 견디겠는가. 그 열망이 없다면 어떻게 시린 발목을 담그고 '겨우내川'를 건너 개나리 꽃눈 뜨는 건너편 둑에 이르겠는가.

봄은 긴긴 기다림 끝에 온다. '겨우내'를 지나서 온다.

(2018.)

시 또는 약

콤지로이드를 오래 먹어온 시인이 있다. 시인의 시 '민들레, 콤지로이드, 노란색'을 읽으며 마음이 아렸다. 콤지로이드(콤지로이드는 흰색이고, 씬지로이드가 노란색이다. 둘 다 갑상선 병증에 관한 약이나 해당하는 증상은 다르다. 시인이 약명을 착각했을 수 있다.)는 작은 알약이다. 시인은 노란민들레를 보며 콤지로이드를 연상한다. 햇살도 민들레 속 꽃잎에 발이 걸리고, 바람도 민들레 속잎을 뒤지다가 노란 물 게워낸다고 시인은 노래한다. 민들레꽃에 발이 걸리는 햇살과 노란 물을 게워내는 바람에 시인이 투영되어 있다. 시인 자신이 번번이 발이 걸리고 노란 물을 게워낸다는 것이다.

'꽤 긴 시간을 노랗게 건너왔다, 또 건너가야 한다.' 이 한 행에 함축된 이야기는 길다. 약을 복용하기 전에 있었던 수술과 항암치료, 불안과 위기의 시간들, 악전고투 끝에 '향후 5년'

이라는 시간을 건너서 안정기에 접어들었다. 그래왔듯이 남은 날들도 콤지로이드와 함께 살아야한다.

짧게 쓰면 다 시가 되느냐? 그가 말했을 때 짧은 문장을 길게 붙여놓으면 다 수필이냐? 고 나는 응수했다. 우리는 서로 장르의 순수성을 지키겠다고 젊어 한 시절 맞수를 두곤 했다. 어쭙잖은 시를 쓰는 산문가가 없지 않고, 문법이 무시된 산문을 쓰는 시인도 적지 않다는 얘기를 주고받았다. 그 친구는 생활에서 빈번히 놓치는 사소한 소재들로 내가 평가하기론 품격 높은 시를 쓰고 있다.

연수교육장에 앉아서 나는 친구의 시집을 뒤적인다. 오전 10시부터 온종일 받는 지루한 교육이다. 매년 이수해야할 시간을 채우는 통과의례 같은 것이다. 무슨 자산회사에서 나온 전문가가 재테크에 관해서 강의하고 있다. 식전프로그램이다. 이어서 인체와 질병과 약물의 상호관계를 몇 가지의 주제로 두루 섭렵하는 수박겉핥기의 시간을 보내면 된다. 이미 알고 있었으나 소홀히 넘어갔던 내용도 있고 미처 몰랐던 것도 있다. 재미들이면 흥미진진하고 강 건너 불 보듯 하면 대형화면만 획획 지나가는 그런 시간들이다.

넓은 교육장의 앞자리에 앉은 건 제대로 듣겠다는 의지이고 지금 시집을 펴든 건 그 의지가 무뎌졌다는 얘기다. 항바이러스제, 유산균, 소염진통제, 아토피치료제, 치질치료제 등이 차례로 펼쳐지고 접힌다. 시인의 '콤지로이드'에서 의식은 내가 복용하는 약들로 넘어온다. 무엇을 얼마나 먹나. 아침식사 전에 정제 한 알, 식후에 세 알, 오전 10시 30분쯤 캡슐 포함 네 알, 저녁식후 두 알, 잠자기 전에 한 알, 많다. 때맞춰 먹을 땐 나뉘어있어서 별 생각 없었는데 합해보니까 새삼스레 배가 부르다. 게다가 만성두통 때문에 날마다 한두 번 진통제를 복용한다. 오, 그러나 약에 관한 한 나보다 더 대식가가 적지 않다. 정말이지 한주먹씩 복용한다. 줄여야하는데 그들이나 나나 방도가 없는 것이다.

약은 필요악이며 몸을 위한 최소한의 장치다. 다행히 나는 감기약은 거의 먹지 않고, 내 나이의 사람들이 많이 먹는 관절염약이나 골다공증약도 아직은 쓰지 않는다. 이만하면 건강하다하겠다. 늘 같은 시간에 출근을 하며, 밥도 세 끼 꼬박 먹는다. 물론 식품영양학적으로 잘 먹는 건 아니다. 음식솜씨마저 형편없어서 그저 끼니를 잇는 수준이다.

지병, 몇 가지가 겹쳐있다. 심각한 건 아닌데 다만 꾸준히 관리해야한다. 지병은 내 몸에 오래오래 머물고 있다가 언젠가는 숙환이란 근엄한 이름으로 나를 배웅해줄 것이다. 나는 그를 둘도 없는 친구라 여기고 있지만 간혹은 내가 그의 친구가 아니라 시종인 것 같다는 낭패감에 빠진다. 조금만 소홀히 해도 사정없이 당한다. 친구에서 시종으로 신분이 하락했다는 분한 생각까지 든다.

이러저러한 약을 먹고 있는데 감기약을 먹어도 되나요? 관절염약을 복용 중인데 치과 약을 함께 먹어도 됩니까? 질문이 있을 때마다 약물의 상호작용인 상승작용과 길항작용을 생각해서 대답해야한다. 이것은 피해라, 저것과의 병용은 금기다, 정확하게 대답하는 게 내가 해야 할 일이다. 어르신들은 보통 서너 가지 질병에 이 병원 저 병원을 다니시며 일여덟 가지 약을 쓴다. 이럴 때 복약지도는 난감하다. 게다가 어떤 약들은 만병통치개념으로 여기저기 마구 돌아다닌다.

말랑말랑해진 마음으로 시를 읽다가 제자리로 돌아오기를 거듭하며 긴 시간을 보냈다. 문학은 마음에 위안이 되고 약은 몸을 달래어준다. 시와 약의 경계를 넘나드느라 지루한 줄 몰랐다. 김밥 한 줄을 점심으로 먹고 물 몇 모금 마신 걸로 문학적이며 학구적인(?) 하루가 저문다.

마지막은 언제나 특별무대다. 남성5중창단의 아름답고 장엄한 화음이 넓고 높은 실내를 꽉 채운다. 그리운 금강산, 네순 도르마, 오 나의 태양, 푸니쿨리푸니쿨라에 열광적인 환호와 박수를 보낸다. 피로가 싹 날아간다. (2017.)

지금 하고 싶은 일

수성못가의 오래된 레스토랑 '호반'에 앉아서 블랙러시안 한 잔 마시고 싶다. 바람에 나뭇잎들은 이리저리 춤을 추고, 못의 수면은 해거름의 빛살을 받아 물결지고 있을 것이다. 지금 그곳에 가고 싶다. 몇몇 사람들이 앉아서 시원한 맥주를 마시며 1970년대의 흘러간 팝송을 듣고 있겠다. 그 사람들과 따로 앉아서 나는 아무 말 없이 앉아있었으면 좋겠다. 오래 앉아있을 수 있다면 더할 나위 없겠다.

밤이 깊어지면 내 침묵도 깊어져서 마침내 나는 평화로워지겠다. 그렇게 오래 앉아 있다가 문득 그 집에서 일하는 착한 젊은이가 하품을 하는 걸 보게 되면 미안한 마음이 되어서 일어나야지. 그 총각 혹은 처녀에게도 내일의 일이 있고 내게도 내일 또 할일이 있다. 참 그러고 싶은데, 진심으로 그리하고 싶은데 이 시간 나는 일터에서 일을 하는 중이고 잠깐 틈이

나서 이리도 실없이 헛생각을 한다.

지례예술촌, 한 번도 가본 적 없지만 가고 싶어서 검색을 여러 번 해보았다. 오늘 거기 빈방이 많이 보인다. '예매가능'을 누르고 싶다. 고택의 사랑방에 들어서 책을 읽거나 그 주변을 산책하고 싶다. 물론 가본 적이 없기에 주변의 풍광이 어떤지도 모른다. 해가 저물도록 책을 읽으면 배가 부르겠다. 앉아서 읽다가 허리가 아프면 눕기도 하고 엎드리기도 하면서 소설책 한 권을 다 읽어치우고 싶다.

아침이나 초저녁에는 설렁설렁 걸어 다니며 가슴을 넓게 펴고 맑은 공기를 허파 가득 받아들이고 싶다. 그러면 정말 기분이 좋아질 것 같다. 저녁밥 먹고 휴게실(이런 게 있으려나)에 앉아서 속 뒤집히는 뉴스 따위는 잊어버리고, 연속극을 보다가 밤이 늦으면 방으로 돌아와서 마음이 쏟아내는 말들로 글을 쓰면 되겠다. 그러고도 시간이 남으면 그 남은 시간이 얼마나 행복한지 스스로에게 물어보고 고개를 끄덕이고는 성호를 그으며 감사기도를 올리고 잠자리에 들어야지. 잠이 맛있겠다. 하지만 나는 세상 걱정, 세태 근심에서 놓여나지 못한다. 정작 그 세상을 위해서는 아무 것도 행하지 않으면서 마음만 볶아댄다.

거기가 어디인지 모르지만 지평선이 보이는 곳에 가보고 싶었다. 얼마 전에 그런 걸 알만한 지인에게 물어보니 전북 김제시에 가면 지평선을 볼 수 있다고 했다. 전북 김제시, 낯설다. 그래도 용기를 내야지. 언제 꼭 가보고 말테다. 거기 가서 무엇을 하랴. 그냥 멍하니 앉아있다 오면 좋겠다. 꼭 그랬으면 좋겠다. 머릿속을 비우고 소소한 근심걱정 내려놓고(정말 큰 걱정거리가 있으면 거기에 가지 못한다. 걱정거리는 꼭 작은 것이어야 한다.) 멍하니, 백치처럼, 전혀 심각하지 않게 앉아서 있어도 그만 없어도 그만인 그저 하나의 풍경이 되어보고 싶은 것이다.

'모든 생각을 멈추고 세상의 아름다움을 바라볼 시간을 갖는 것~'그것이 행복이라고 노승이 '꾸뻬씨'에게 말했다. 그게 과연 행복일지 어떨지 모르지만 어딘가 지평선에 앉아서 세상을 바라보면 참 아름다울 것 같기는 하다. 지평선 대신 나는 의자에 앉아서 건너편 주유소에 드나드는 자동차들을 바라보고 있다.

한 잔의 술을 마시거나, 고택의 조용한 방에서 책을 읽거나, 지평선에 앉아보는 일이 불가능한 것은 아니다. 또 그런 일들을 당장 하지 못한다고 슬프거나 불편한것도 아니다. 그런데 왜 넋두리를 늘어놓는가. 이런 심경의 저변에는 이 사소한 바람들을 이루지 못하는 현실에 대한 나의 배고픔 같은 것이 뱃

속에서 꾸르륵 대고 있다는 것이다. 게다가 그 꾸르륵 대는 소리가 어제오늘 시작된 게 아니라 지난 세월 내 삶을 관통해 왔고, 앞으로의 삶도 지배할 것이란 확신마저 생긴다. 하여 내 넋두리는 당위성을 얻는다. 현재의 삶이 결코 내가 원했던 혹은 원하는 삶이 아니라는 것이다. 그래서 어쩌겠다는 건가.

요지부동, 어찌할 수 없다. 앞에서 말한 사소하나 간절한 바램들은 그러니까 꼭 말 그대로에 한정된 것이 아니다. 내가 살지 못하는 삶에 대한 은유 또는 표상이라 하겠다. 내가 살고 있는 삶과 살지 못하는 삶의 사이에는 꽤 폭이 넓은 괴리가 있다. 나는 그 벌어져있음을 좁히거나 뛰어넘을 어떤 결단도 내리지 못한다. 예컨대 김제시에 가고 싶은데 당장은 고사하고 나중에, 이를테면 일 년 후에도 나는 시외버스를 타지 못할 것이라고 장담한다. 기본적으로 내게는 행위가 결여되어있다. 그런 채로 살아왔고 또 살아가게 될 것이다. 나는 다만 살아보지는 못했으나 그 살아보지 못한 삶을 살아보고 싶다는 말을 하고 있을 뿐이다.

(2014.)

얼음 녹는 달

꽃 보러간다. 매화꽃 보러간다. 매화는 이미 만개해서 이울기 시작했다. 나무에는 새 가지들이 뻗어 나오고 있다. 밭주인은 가지치기를 하고 삽으로 흙을 뒤집고 있다. 그 나무들 아래서 한 여인이 꽃잎을 따고 있다. 곱게 말려서 매화꽃잎차라도 마시려나, 책갈피에 눌러 고이 간직하려나.

나는 일없이 매화나무 사이를 돌아다니다가 밭주인과 여인을 두고 저쪽 밭머리로 간다. 아, 이게 웬일인가. 흙이 밟히는 소리가 기가 막히게 좋다. 세상에 이런 음향은 없으리니, 마른 볏짚을 밟는 것도 같고 낙엽을 밟는 것 같기도 한 희한한 소리가 들린다. 어쩌다 나는 도시 여인이 되어서 흙이 내는 소리를 듣지 못한 채 살고 있는가. 흙이 숨 쉬는 소리를 잊어버리고 살았는가.

발아래를 유심히 내려다본다. 밭고랑의 흙은 연한 황토색으로 바스락하니 말라있다. 흙은 치솟고 내려앉았으며, 치솟음과 내려앉음이 수천수만의 가늘고 길쭉한 균열을 만들어 놓았다. 발을 디디면 그 틈이 무너지면서 빠지직 소리를 낸다. 그 음향을 즐기며 자꾸만 돌아다닌다. 그러다가 일찍 고개를 내민 냉이를 보기 위해 허리를 굽히고, 아직은 볕이 멀어 창백한 쑥들도 들여다본다. 흙이 품고 있을 보이지 않는 미생물들과 그것들이 키워갈 새 생명의 낌새를 느껴보려고 손으로 흙을 긁어보고 만져보고 뒤집어보기도 한다. 부드럽고 사랑스럽다.

언 땅이 녹았구나. 녹아서 소리를 내고 있구나. 다시 살기 위해 몸을 뒤채고 있구나. 이건 감동이고 숭고함이다. 이 흙이 나를 만들었고 나를 키우고 마침내 나를 품어줄 것이다. 매화 꽃밭에 서서 흙의 노래를 듣는다. 4분의 3박자 왈츠로 듣는다.

『세상의 모든 딸들』이란 책에 '얼음 녹는 달'이란 말이 나온다. 원시모계사회를 그린 그 책에도 인디언들의 언어처럼 사물이나 현상들이 이렇듯 서술적이고 비유적으로 표현된다. 나는 이들의 어법 그러니까 표현법이 좋았다. 아직 어휘란 개념이 없던 시대, 그 사람들은 그냥 느껴지는 대로 말하고 규정하였던 것이다. 느껴지는 대로 말하고 규정한다. 그 원시사회의 사람들이 불현듯 부럽다.

나는 '얼음 녹는 달'에서 '언 땅이 녹는 달'을 파생시킨다.

그게 2월인가, 3월인가는 중요하지 않다는 생각이다. 먼 산 잔설은 아직도 희끗희끗 보이나 심산계곡물은 녹기 시작했을 터, 지금이 바로 얼음 녹는 달, 언 땅이 녹는 달인 게다. 나는 지금 흙을 밟고 서서 온몸으로 그 생명의 기운을 받아들인다. 대지는 어머니처럼 부푼 젖가슴을 열고 새 생명을 키우기 시작하였다. 바람은 밭머리 대숲에서 수런대고 새들이 낮게 난다. 개 짖는 소리 들린다.

다음엔 좀 더 일찍 길을 나서야겠다. 이제 막 꽃눈이 트기 시작할 때, 먼 산 눈은 그대로 덮여있지만 산 아래에는 물이 흐르기 시작하고 땅이 숨구멍을 여는 해토머리에 길을 나서야겠다. 그때 설중매를 볼 수 있으면 그 고아한 자태를 가슴에 담아오리. 언 땅이 풀어져서 토해내는 숨소리를 들으며 좀 더 납작해져서, 살아있음 다만 그 사실만을 눈물겨워하리. 그리하여 내 안에서 오랫동안 견고하게 얼어붙은 정감의 덩어리도 녹여야겠다.

얼음 녹는 달, 나는 아득한 구석기시대의 거친 여자가 되어 맨발로 흙을 밟으며 가족의 생존을 위해 산야를 뛰어다니고 싶다. 보이는 모든 것, 들리는 모든 소리, 지상의 모든 것을 한껏 기뻐하고 싶다. 들의 꽃과 산새들에 환호하며, 가축을 불러들이고 또 몰고 다니는 눈빛 초롱초롱한 여자로 살아보았으면 좋겠다. 맨발로 거침없이 뛰어다니는 근육질의 여자로도 살아보고 싶다. 오래 전에 살림솜씨 좋은 손끝 야문 여인이 되고 싶다는 글을 쓴 적이 있는데 그 문장을 취소하는 게 좋겠다는 생각마저 든다. 매화꽃밭에서 해토 밟히는 소리를 들으며 그런 밑도 끝도 없고 앞뒤도 맞지 않은 생각을 한다.

어느새 해는 서쪽에서 붉고 매화나무 사이를 지나다니는 바람은 서늘해졌다. 꽃 보자고 왔고 꽃 봤으니 가야지. 이울기 시작한 매화꽃송이들, 새로 뻗어 나오는 초록빛가지들, 덤덤하고 부지런한 밭주인, 그리고 매화꽃마냥 어여뻐 보이는 한 여인, 더할 나위 없는 오후 한때였다.

얼음이 녹아서 좋고 흙이 풀어져서 좋다. 그들과 내가 살아 있어서 정말 좋다.

(2015.)

| 2부 |

내 인생의 나무들

나는
나를 건사하는데 급급하며 살았다.
그 살아옴의 또는 살아감의
어떤 길목에서
의미를 부여한
나무를 사들인 건
나를
추스르기 위한 몸짓이었다.

내 책상 위

안방 침대 옆 창가에 ○○의료기가 놓여있었다. 간이침대만한 크기의 그것은 매우 환대를 받으며 들여졌다. 허리가 좋지 않은 남편은 전열기구가 등을 훑으며 오르내릴 때 몸에 전해지는 약간의 통증과 치료효과를 좋아했다.

그 좋아했음은 그러나 점점 희미해지고 무심해졌다. 의료기는 마침내 용도폐기 되었다. 비싼 값을 치렀는데 불과 몇 개월을 쓰고 10여 년을 방치했다. 그것은 볼 때마다 잘못된 소비와 사용자의 게으름을 일깨워 주었다. 게다가 남편이 들고날 때 의료기의 귀퉁이에 자주 부딪쳐서 상처가 나곤 했다. 나이 들어서 공간 감각이 다소 떨어진 그를 위해 나는 의료기를 내치기로 했다.

그것을 들였을 때를 생각하면 도저히 버릴 수가 없지만 그렇다고 마냥 끌어안고 살 수도 없는 노릇이다. "하나씩 버리며 살아야 해요." 그럴듯한 말로 '아깝다'는 그를 설득했다. 주민 자치센터나 관리실에 가서 폐기물처리용 스티커를 사야한다고 했더니 아이가 인터넷 중고시장에 내놓겠다고 한다. 그것 참 묘수다. 누군가에게 의료기가 이롭게 쓰인다면 그보다 좋을 수가 없고, 우리는 폐기물 스티커를 사지 않아도 된다. '마당 쓸고 동전 줍기'다.

중고시장에 올리자마자 사겠다는 사람이 나섰다. 우리는 큰돈이라도 번 것처럼 좋아했다. 2만원에 내놓았다. 스티커 값보단 많은 액수다. 물건을 보러 온 사람은 생각보다 헌 것이라며 망설였다. 치울 욕심에 반값에 내주었다. 그것이 나간 자리가 훤해졌다. 남편의 침대 옆에 협탁을 놓았다. 의료기에 던져 놓던 지갑이나 안경, 자동차 열쇠를 협탁에 놓으니 방의 격이 높아진 것 같아서 좋다.

큰 물건을 돈들이지 않고 내어놓고 보니 버리는 재미가 여간하지 않다. 버리자, 비우자, 가벼워지자 하면서도 잔뜩 끌어안고 사는데 익숙해져있다. 어디에선가 "당신의 책상 위 95%는 쓰레기다."란 문장을 읽은 적이 있다. 『인도기행』을 쓴 후지와라 신야는 여행을 시작하기 전에 버리고 치우고 하다 보니 절실하게 필요한 건 칫솔 정도라고 했다. 그 젊은이(그때는 20대 청년이었다.)가 놀라웠다. 법정스님도 그런 가르침을 주셨다.

늘 생각한다, 너무 많이 가졌다고. 실제로 몇날며칠에 걸쳐 온 집안을 들쑤시며 이것저것을 내놓기도 하면서 살았다. 그럼에 도 집안은 늘 물건들로 가득 찬다.

의료기가 나가면서 비어진 공간이 시원하다. 내친김에 작업 을 시작한다. 옷장을 열어서 여러 해 입지 않은 옷을 정리한다. 깨끗한 것은 '아름다운가게'에 내놓으려고 따로 손질하고 개켜 서 상자에 담는다. 못쓰게 된 것은 커다란 종량제봉투로 들어 간다. 신발장에서 헌 구두들을 가려내고 살이 부러진 우산은 살과 천을 분리한다. 나는 가려내고 남편은 주어 담는다. 별 쓸모가 없어 보이나 미련 때문에 남겨진 물건들이 아직도 많 다. 그렇겠지, 죽는 날까지 그러쥐고 살아가겠지.

"이제 어디가 남았나."하고 둘러보다가 문득 식탁 옆 벽에 붙은 시계를 본다. 오후 여덟 시 반. 하루 일이 끝나고 저녁식 사까지 마친 시간이다. 좋은 시간이다. 시간을 읽다가 본 시계 가 새삼 예쁘다. 문자판 지름이 15센티미터 정도인 동그란 시 계는 테와 굴뚝이 붙은 지붕이 원목으로 처리되어있다. 한마 디로 '심플'하다. 일터마당 한구석에서 그것을 주웠다. 건물 2 층 치과에서 인테리어를 다시 하면서 낡은 소파와 의자들을 내다버렸는데 고것이 헌 의자 위에 얹혀 있었다. 예뻐서 주워 왔다. 시간이 잘 맞지 않던 전자시계를 떼어내고 그 자리에 붙이니 산뜻하다.

내어놓기도 하고 드물게는 주워 들이기도 하면서 살아간다. 내어놓으면 집보다 마음이 더 시원하고 시계처럼 들여놓아서 마음을 더 채워주는 것도 있다. 아무려나 버리는 연습을 하면서 살련다. 다 놓아버릴 그날을 염두에 두어서만은 아니다. 이따금 마음이 동하면 집안을 털어내면서 속이 시원해지고 싶다.

그나저나 지금 내 책상 위엔 무엇들이 있나? 읽던 책들과 간직하고 싶은 신문기사들과 몇 년 치의 수첩, 메모지, 연필꽂이, 노트북이 있다. 아, 대구시가 제공한 지침서 "지진재난 행동안전 패키지"도 있네. 이게 다 쓰레기라 해도 어쩔 수가 없다. 아직은 버릴 때가 아니다.

(2019.)

10년 전의 나는

꽃차를 마시고 있었다. 열 살 정도 아래의 문우들과 예쁘게 꾸며놓은 공간에서 기막히게 고운 빛깔로 우려낸 꽃차를 나누고 있었다. 다실 주인은 직접 꽃을 키우고 꽃잎을 채취하여 찌고 덖어서 꽃차를 만든다. 색감을 그대로 살린 꽃차재료들을 넣은 작은 유리병들로 벽을 꽉 채워놓았다. 꽃차의 빛깔과 향기에 취하고 정이 넘치며 품격도 있는 자리다.

나는 이른바 그들의 문단선배다. 말소리들이 음악처럼 듣기에 좋다. 꽃차를 연구하고 만들고 강의도 하는 다실 주인, 향기비누 만들기에 푹 빠져있는 귀여운 친구, 장구를 치며 창을 하는 멋진 사람, 이주여성들에게 우리말을 가르치는 야무진 여인이 그들이다. 게다가 수필을 곧잘 쓰는, 어여쁜 사람들이다. 그들은 생동감이 넘친다. 나보다 십 년이 젊은 그들과 긴 시간 앉아있는 일이 그러나 내겐 수월치가 않다. 그들을 아끼고 좋아함에도 불구하고 늘 중간에 지친다. 일어서야겠다고, 가서 쉬어야겠다고 말할 기회를 잡으려 애쓰다가 "좀 더 있다가 헤어져요. 나 먼저 갈게요." 그리 말하는데 늘 미안하다.

꽃차의 시간을 보내고 집으로 와서 누웠다. 쉬면서 생각했다. 왜 이렇게 쉽게 지치나? 강산이 변한다는 십 년의 차이가 그 까닭인가. 천장을 쳐다보며 누웠다가 문득 10년 전에 난 뭘 했지? 라는 의문이 생겼다.

해마다 새해 첫날에 새 공책을 열었다. 한 해 동안 그 공책에 메모를 했다. 그때그때 생각나는 문장들, 사람들과 사물에게서 받은 인상, 책에서 읽은 좋은 글귀들을 일기처럼 써왔다. 먼지가 앉은 공책들 사이에서 2009년 것을 골라낸다.

공책 한 권이 빼곡하게 채워져 있다. 남도여행 중 보길도에 다녀와서 써놓은 고산윤선도와 어부사시사에 대한 기록이 여러 쪽이다. 『미학오디세이』, 『철학카페에서 문학 읽기』에서 발췌한 문장들, 브론테 자매들에 대한 기록과 느낌들, 『그리스인 조르바』를 검은 글씨와 빨간 글씨를 섞어가며 써놓았다. 학교 다닐 때처럼 별표와 세모로 중요도를 표시했고 더러는 형광펜으로 줄도 쳐놓았다. 어느 문학단체에서 열었던 명작강좌를 들으며 필기한 것을 훑어보니 그때의 감동이 새롭게 다가온다. 백석, 솔제니친, 루쉰, 귄터 그라스, 등 작가와 작품마다 전공자인 교수가 와서 일주일에 한 번 여는 강좌를 나는 꿀맛처럼 즐겼다.

지금의 나는 너무나 무기력한데 그때의 나는 열정에 넘쳤구나. 세월 탓인가. 겉늙어버린 내 탓인가. 그때도 적은 나이가 아니었다. 오, 「쉰일곱 살」을 썼었지! 지난 수필집을 뒤적여서 그것을 찾아 읽는다. 정확하게 10년 전, 그 글을 쓸 때도 그리 가볍지는 않았다. 지금처럼 혼을 내어보낸 듯 멍하지는 않았지만 나는 꽤 어른인 척하였고 실제로 어른이기도 했던 나이였다.

'~더 잘 살 수도 있었겠지만 이만해도 다행이다 싶어서 안도한다. 더는 다그치지 않는다. 이 나이만큼 살아서 얻은 마음이다. 한마디로 편안하다. 스스로에게나 타자에게로 향하는 마음 또한 편안하다.~'

뭐 이런 단락이 있다. 이어서 몹시 지쳤고 그래서 타협했다는 표현도 있다. 그러니까 내 천성인 게다. 나는 언제나 지쳤고, 자신을 지나치게 다그쳤으며 늘 내가 나이 들었다고 생각했다. 그러면서도 기회가 있을 때마다 '지금'이 좋은 나이라고 말하고 또 쓰면서 살아왔다.

쉰일곱 살과 예순일곱 살의 내가 내면적으로는 크게 다르지 않다. 다만 그때는 너무 열정을 쏟느라 지쳤고 지금은 몸도 마음도 늙어버린 것이다. 자연스런 현상이며 행로이다. 열정이 휘발해버린 나를 측은해한다. 추스르고 격려하고 싶지만 그냥 두고 싶기도 하다. 살아온 세월이 만만치가 않았고 목하 근심도 많다. '더는 다그치지 않는다.'란 문장을 한 번 더 옮긴다. 예순일곱 살의 나를 그대로 놓아주고 싶다. 힘들면 쉬고, 자리가 버거우면 일어나고, 눈이 피곤하면 책을 접고, 쓰고 싶을 때만 쓰련다. 10년 전의 나, 그때의 열정을 부러워하지도 않으련다. 열 살이나 더 먹었고 몸도 마음도 그만큼 더 아팠다. 좋게 생각하자. 이대로도 괜찮다.

(2019.)

봄날, 야속해라

꽃시장엘 갔다. 봄이 완연한 토요일 오후다. 꽃시장 앞에는 건장한 남자들이 꽃무더기와 화분들을 트럭의 짐칸에 싣느라 분주하게 움직이고 있었다. 승용차가 낄 자리는 없었다. 좀 떨어져서 그것도 매우 불안한 공간을 겨우 비집고 들어가 차를 세웠다. 꽃가게들 앞을 걸었다. 가게 앞에 죽 늘어놓은 화초들을 들여다보았다. 분홍 노랑 보라 이름을 아는 것보다 모르는 것이 더 많았다.

난蘭 화분 두어 개는 분갈이를 하고 화초들이 죽어버려 볼품 없게 된 화분들은 다른 꽃을 심을 요량으로 안고 들고 낑낑거리며 들어섰지만 비켜지나갈 틈도 없었다. 봄이 온통 꽃시장으로 몰려왔다. 이집 저집 경계가 모호한 가게들 사이로 "짐이요, 짐!" 연이은 고함소리와 소란스러움이 지나다녔다. 정신이 하나도 없었다.

난 전문집을 찾아서 분갈이를 부탁했다. 키가 작달막한 중년남자는 화분을 거꾸로 들더니 익숙한 몸짓으로 툭툭 쳐서 바닥에 난과 흙을 쏟아 부었다. "오늘 같은 날 뭔 분갈이를 해요? 바빠 죽겠는데!" 그의 아내가 짜증을 낸다. 돈 안 되는 일을 시킨 나는 눈치가 보여서 조그만 난 화분 하나를 골라서 번쩍 쳐들었다. 그제야 여자의 얼굴이 펴졌다. 남자는 난을 샀으니 분갈이 값을 안 받겠다고 했다. 얼른 그의 아내 얼굴을 살폈지만 뭐 기분이 나빠 보이지는 않았다. 잘 샀다. 게다가 난도 청자(?) 화분도 앙증맞게 예쁘다. 감사하다, 고맙다, 연신 주억거리며 그 집을 나왔다. 난 화분 세 개를 자동차 뒷자리에 조심스레 싣고 있었다.

"야! 너 죽고 싶냐?" 귀청이 찢어질듯 한 고함소리에 정말이지 화들짝 놀랐다. 순간, "내 할 말 사돈이 하고 있네!" 거친 목소리가 반사적으로 받아친다. 휴~, 우리가 아닌 게다. 트럭과 승합차가 일전을 벌인다. 그렇다면 구경이다. 세상에서 제일 재미있는 게 싸움구경이란 말도 있지 않은가. 비상한 관심을 두 남자에게 쏟는다. "납품이고 뭐고 없다. 이판사판이다!" 콧수염을 기른 남자가 거품을 문다. "그래, 너 오늘 제삿날이다. 됐냐?" 눈썹이 짙고 얼굴이 긴 남자가 붉으락푸르락하며 팔을 걷어 부친다. 멱살잡이, 콧수염이 약간 밀리는 것 같다.

눈썹이 한 손으로 멱살을 잡은 채 다른 주먹을 치켜든다. 일촉
즉발, 콧수염의 얼굴에 피가 몰려 터질 것 같다. 경찰관이 호
각을 불어서 싸움은 흐지부지 끝나고 콧수염의 트럭이 리본을
펄럭거리며 쌩하니 가버린다. 눈썹이 짙고 얼굴이 긴 남자는
작은 나무들을 되는대로 싣더니 뒷문을 쾅 닫는다. 남편과 나
를 포함한 구경꾼들도 맥없이 흩어진다.

갖고 온 화분들에 꽃을 심어야한다. '꽃 천지'여서 보이는
것이 다 탐난다. 보라꽃, 분홍꽃, 꽃은 없지만 줄기가 보기 좋
게 늘어지는 페페로니아를 부탁했다. 꽃들의 이름을 물었고
대답도 들었지만 물은 사람은 정신이 하나도 없고 대답하는
사람은 건성이어서 금방 잊어버렸다. 뭐 괜찮다. 꽃은 예쁘면
그만이고 나는 즐거우면 되니까.

조금 전의 그 두 남자는 치밀어 오른 화를 잘 삭였을까. 봄볕
이 집안에 새 꽃을 들여놓으라고 사람들을 불러냈다. 사람들
은 즐겁고 꽃가게주인들은 신명이 났다. 눅눅한 영혼을 빨랫
줄에 널어서 말리고 싶은 투명한 봄날이다. 천지가 환한 이
봄날도 개별적 인간에게는 치열한 삶의 현장이고 살아내야 하
는 수많은 날들의 연장선상이다. 상인동 행사장에 화환을 날
라야하고, 봉덕동 아무개 집에 정원수를 배달해야하는 그 두
남자는 제 시간에 일을 잘 끝낼 수 있을까. 걱정이 된다.

식식거리는 숨소리와 욕설, 금방이라도 주먹을 날려서 장바닥을 아수라장으로 만들 것 같은 위태로움도 실은 삶이 건강하게 통탕거리고 있다는 반증이 아니겠는가. 치열하지 않은 삶은 없다. 그 모든 삶들이 합쳐져서 소리를 낸다. 소리가 없는 세상은 죽은 세상이다. 그리 생각하며 오만가지 근심을 날려버린다. 나는 다만 꽃을 껴안고 넘치게 기뻐하며 집으로 간다.

글을 쓰고 있는데 오랜 친구가 자목련이 피었다고 꽃봉오리 하나를 휴대폰으로 보내주었다. "봄날, 야속해라." 내가 그에게 보낸 답 문자다. 벚꽃이 피기 시작했다. 겨우내 신천 옹벽에 시커멓게 들러붙어있던 장미덩굴이 초록빛 실가지들을 내밀고 담쟁이덩굴에도 작은 잎들이 보이기 시작한다. 아, 파릇파릇 살고 싶어라. 내 몸에서도 새순이 돋아나고 새 꽃이 피고 물관에 물이 콸콸 흘렀으면 좋겠다.

금세 지나가버릴 봄날, 이미 오랜 전에 지나가버린 내 인생의 봄날이 야속하다. 그렇듯 부산스럽던 시장사람들에게도, 솟구치는 화를 있는 대로 쏟아내던 젊은 남자들에게도 이 봄날은 너무 짧아서 야속하다. 자목련은 휴대폰에 봉오리인 채로 저장되어서 시간을 멈추었지만 세상의 목련들은 이내 벙글고 금방 이운다. 이 또한 야속하다.

(2014.)

유가사 가는 길

푸른 산을 옆에 끼고 앞산순환도로를 달린다. 폭염주의보 따위는 잊어버리고 기분 좋게 달린다. 자동차들이 몰려오고 밀려간다. 오드리 햅번, 찰리 채플린의 흑백사진이 극장 간판처럼 크게 걸린 카페가 보인다. 영화 「로마의 휴일」의 명장면들이 떠오르고 또 「모던 타임즈」의 그 태엽과 채플린이 또렷이 기억난다. 영화도 배우들도 나도 참 오래되었다. 본리터널을 통과하고 나니 또 다른 터널이 시작된다. 터널이 참 많다. 풍경은 터널 때문에 끊어졌다 이어졌다 한다.

'대구의 뿌리 달성 꽃피다' 대형 글씨가 보인다. 달성군이다. 푸른 산이 바로 눈앞에 다가온다. 눈을 크게 뜬다. 저 산을 눈으로 다 찍어서 가슴에 저장해야지. 비슬산琵瑟山, 비파와 거문고란 뜻을 담은 산 이름에서 품격이 느껴진다. 팔공산은 아버지 산이고 비슬산은 어머니 산이라고들 한다. 아버지는 웅장하고 장엄하며 묵직하다. 어머니는 자애롭고 아름답고 안온하다. 그런 이미지일 텐데 비슬산도 웅장하기는 팔공산 못지않다. 비슬산자연휴양림 길, 숲이 우거졌다. 푸를 대로 푸르렀다. 이어지는 S코스, 은행나무 소나무 아카시아나무들을 반기고 놓치는 사이 넓은 주차장에 이른다.

유가사瑜伽寺 3.4km, 휘~둘러본다. 뙤약볕이다. 걸어볼까? 휴양림 길도 자동차로 지나왔다. 휴양림 길을 어슬렁어슬렁 걸으며 숲의 향기에 취하고 싶었다. 자연휴양림은 걷고 싶고 쉬고 싶은 곳이다. 휴가 때마다 전국의 자연휴양림을 검색해 보곤 했지만 한 번도 기회를 얻지 못했다. 계곡 옆에 통나무집이 있으면 더할 나위 없겠다. 거기서 잠자다가 글 쓰다가 산책하다가, 그러고 싶었다. 그런데 자동차로 지나왔다. 날씨 탓이다. 나이 탓이다. 아니 내 탓이다. 자, 유가사까지는 걷자.

사방이 산이고 숲이다. 커다란 까마귀 한 마리가 머리 위에서 난다. 소리가 크다, 까악~ 까악. 빼어난 경관에 마음을 빼앗기며 걷는다. 나는 나무들에게 말을 건다. "참 수려하시네요." 나무들이 대답한다. "당신도 괜찮은 편이오." 오, 나무들은 신사들이었구나. 나무 나무 나무, 숲 숲 숲, 그리고 개망초꽃 천지를 걸어서 마침내 유가사에 이른다.

툭, 볼펜과 수첩을 떨어뜨렸다. 볼펜이 망가졌다. 촉은 나가

버리고 스프링만 남았다. 노부부, 젊은 남자, 서너 사람을 거쳐서 자동차에 오르려는 한 중년남자를 붙들었다. 염치불구, "혹시 볼펜 있으세요?" 말을 건넨다. 그가 선뜻 볼펜을 준다. "볼펜 돌려드리지 못하는데요." 그가 대답도 하기 전에 나는 만면에 웃음을 머금고 "보시하셨습니다." 라고 인사를 했다. 그가 웃으며 자동차 문을 닫는다. 모나미 볼펜, 그 이름도 고색창연하고 정답다. 철필을 쓰는 학생들에게 볼펜시대를 열어준 그 고마움과 가벼움, 나는 그때의 학생이었다.

사찰 앞에 돌탑들이 참 많이도 서 있다. 소망이 쌓이고 쌓여서, 기도와 기도가 맞닿아서 이루어진 돌탑들을 보노라니 숙연해진다. 누구에게나 간절함은 있을 터, 돌 하나하나에 연민을 느낀다. 소원이, 간절함이 하늘을 향하였으나 탑은 높지 않다. 본시 기원은 낮은 곳에서 낮은 마음으로 시작하는 것, 낮아서 오히려 더 간절하다. 종아리가 당기고 발바닥에 불이 붙은 듯 화끈거린다. 하지만 더위는 잊었다. 충일함이 커서이다.

사찰은 지금 불사 중이다. 키가 큰 비석 앞에 서서 경구를 올려다보며 수첩에 옮긴다. "보리에는 본래 나무가 없고/ 밝은 거울 또한 받침대가 없다/ 본래 한 물건도 없는데/ 어느 곳에 때와 먼지가 끼리요" -혜능선사. 떨어져있는 솔방울들을 밟으며 비석을 한 바퀴 돌고, 한참을 서서 깨달음에 대한 선사의 게송을 소리 내어 읊어보고 또 속으로 뇌어본다. 하지만 게송에 담긴 진리를 나는 헤아릴 길이 없다.

걸음을 옮긴다. 여느 산사보다 단출하다. 대웅전의 규모도 작은 편이다. 이토록 아름다운 산 속, 이토록 고즈넉한 사찰, 경내를 천천히 돌아본다. "안심당", 대나무밭이 드리워진 승방의 댓돌 위에는 신발이 한 켤레씩 엎혀서 졸고 있다. 대웅전 옆 아담한 전각에서 풍경소리가 들린다. 종과 추에 달린 물고기를 또 한참 바라본다. 바람이 풍경을 흔들고 소리는 내 마음을 흔든다.

대웅전 꽃등아래 수많은 이름들이 붙여져 있다. 기도는 저 이름들 속에서 깊고 간절하다. 스님의 목탁소리와 독경소리가 가지런하다. 옆에 앉은 여인의 손에서 염주가 조용히 그러나 쉼 없이 돌아간다. 그 소리와 정경이 가톨릭신자인 나에게도 고스란히 전해진다. 기도하는 마음의 간절함, 지극함은 다르지 않다는 생각이다.

돌계단을 천천히 내려온다. 예토의 흙을 잔뜩 묻힌 채 들어와서 잠시 정토의 기슭에 머물다가(아니 머문 듯하다가) 나는 다시 저자거리로 돌아간다. 까마귀가 까악~까악 배웅을 한다. 까마귀는 길조라고 한다.

비슬교 아래 계곡에 발을 담그고 싶다. (2016.)

소소한 일상

−모년 모월 모일

화첩이 날아왔다. 서진이 전시회를 한다고 한다. KTX를 탔다. 시간 내기가 어려워서 많이 망설였지만 결국 기차를 탔다. 토요일 오전이다. 열차 안은 쾌적하고 시원하다. 자리가 많이 비었다. 이래서야 적자가 나지 않을 수 없을 터, 나로서는 어찌할 수 없는 일인데 공연한 걱정을 한다.

창밖으로 풍경들이 휙휙 지나간다. 짙푸른 산야가 좋다. 기차를 탈 때마다, 풍경들이 휙휙 지나갈 때마다 생각나는 게 있다. 그 옛날 버스를 타고 외갓집에 갈 때 나무전봇대들이 차창 밖으로 그야말로 휙휙 지나가서 나는 어지러워 토악질을 해댔다. 하여 그렇게나 아껴 입던 꽃무늬 원피스를 다 버려서 많이 울었다. 지금 생각하면 먼지를 풀풀 날리며 가던 그 시절의 버스가 속도를 냈으면 얼마나 냈겠는가 싶어서 어린 내가 새삼 안쓰럽다.

지금 이 날씬한 기차는 시속 300Km로 달린다. 나는 이제 어지러워하지 않는다. 창밖을 내다보며 풍경을 즐긴다. 녹음이 우거진 산들과 태양이 내리쬐는 비닐하우스들을 편안하게 내다본다. 기차의 속도가 옛적 그 신작로를 달리던 버스보다 오히려 느린 것 같다. 속도에 익숙해진 내가 마음에 들지 않는다.

서진을 찾아가는 게 좋다. 그림을 잘 모르지만 화첩에서 본, 선과 색채만으로 표현한 그의 그림이 마음에 든다. 전시회의 주제「지금, 여기(Now & Here)」는 그의 수필제목이기도 하다. 풍경을 보던 눈을 거두어들여 서진의 화첩을 펴본다. 나로서는 참 알 수 없는 도형들이다. 서진의 남다른 정신세계를 가늠해본다. 그와 나는 무엇인가로 통하면서도 많이 다르다.

열차가 대전역에 도착한다는 안내방송을 내보낸다. 반이나 왔다. 불현듯 이 열차가 시베리아를 횡단하는 열차처럼, 혹은 "리스본행 야간열차"처럼 오래 참으로 오래 달려주었으면 좋겠다는 생각을 한다. 어딘가에 도착하는 것보다 거기로 향하고 있을 때가 더 좋을 것 같다. 지향하는 가치에 도달하기보다 그 바라는 바를 향해 한 걸음 한 걸음 더디게 내디딜 때가 더 행복하지 않을까.

개울이 보이고 낡은 다리가 보인다. 개울가에 풀들이 멋대로 자라서 무더기무더기 풀숲을 이루고 있다. 그 사이로 물이 흐른다. 흐르는 물은 언제 보아도 좋다. 물은 모름지기 흘러야 한다, 졸졸졸 콸콸. 개울 너머로 멀리 낮은 집들이 모여 있고 좁은 길이 기다랗게 이어져있다. 당장 내려서 저 길을 걸어보고 싶다. 참 물색없다.

그림 앞에 서 있는 서진은 아름답다. 그림을 가리키면서 상형문자니, 알파와 오메가라느니, 색채와 거기에 담긴 숨은 의미들을 얘기한다. 기호가 어떻고 수사학이 어떻다할 때 그는 온전히 몰입하고 있다. 헝겊 모자와 헝겊을 끈으로 이어놓은 것 같은 헐렁한 옷차림과 다소 짙은 화장이 평소의 그와 달라보이지만 여전히 매력적이다. 나는 그를 다소 멀찍이 바라보면서 그가 나와 좀 더 멀리 서 있는 느낌을 받는다.

전시회장을 나와 냉면을 먹으며 유럽여행 이야기를 하는 그는 일상적인 여자로 돌아와서 여행 중에 남편이 이러저러했다고 흉을 본다. 잠자리가 편해야한다는 여자와 잠만 자고 나갈 집에 돈을 쓰는 것보다 비행기의 비즈니스 석을 사는 게 낫다는 남자는 냉면 한 그릇을 다 먹도록 티격태격한다. 그들의 무겁지 않은 입씨름이 그럴싸하고 재미있다.

하행, 늦은 오후의 햇살이 투명하게 비낀다. 얼마간의 피로가 허리를 감고 어깨에 얹힌다. 이때쯤은 언제나 두통이란 놈에게 두들겨 맞는다. 늘 맞고 있지만 달리 대응할 도리가 없다. 번번이 내가 진다. 참 끈덕지고 모진 놈 같으니!

열차 천장에 붙은 텔레비전이 소리도 없이 보여주는 뉴스는 자막만으로도 충분히 소란스럽다. 총리가 사임을 한다고 고개 숙인다. 사고는 현재진행형이다. 우리는 모두 아프다. 사건사고 전쟁, 세계는 잠시도 쉬지 않고 요동을 치며 역사책을 쓰고 있다. 조그만 몸과 작은 머리에 담겨있는 '나'라는 사람도 쉼 없이 개인사를 써내려가고 있다. 모년 모월 모일 서진의 전시회에 가다. 내 몸은 작고 내 머리는 더 작다. 그런 내가 역사에서 한참 비켜서서 일상의 소소함을 주절거린다.

다시 창밖으로 눈길을 보낸다. 창밖 세상은 언제나 평화롭다. 보이기는 하되 들리지 않는 까닭이다. 나는 마치 아무 소리도 들리지 않는 창밖 세상처럼 혼자서 고요하다. 저 창밖에 있는 한 잎 풀이나 작은 돌멩이도 비에 젖고 바람에 구르면서 살아갈 텐데 나는 참 염치없이 호강이다, 눈감고 귀 닫고.

곧 동대구역에 도착한다. 아무짝에도 쓸모없을 것 같은 이 문장들도 여기서 끝난다.

(2015.)

오리배를 타다

비가 부슬부슬 내린다. 오리배를 타기에 좋은 날씨다. 서른
을 넘긴 두 아이가 앞에서 페달을 밟고 나는 뒷자리에 혼자
앉아서 호강을 한다. 긴 여름 내내 비가 내리지 않아서 몹시도
목이 말랐다. 나무들이 젖고 대지가 젖고 못물도 젖어서 일렁
인다.

수성못이다. 지척인 듯 먼 곳이다. 한해에 한 번쯤은 못 주
변 카페에서 블랙러시안 한 잔을 마시기도 했는데 그마저 그만
둔 지 여러 해가 흘렀다. 수성못이 좋다. 벚꽃길이 될 즈음도
좋고, 낙엽 지는 만추의 풍경도 더할 나위 없다. 몹시 추운 날
이면 커피가 아주 맛있다. 그런 곳이다. 금방 닿을 수 있지만
여간해서 오게 되지는 않아서 더 애틋한 자리다.

연휴 마지막 날 오후다. 둘째는 텔레비전 채널을 이리저리
돌리거나 휴대폰을 들여다보거나, 포도알맹이를 입으로 가져

가는 행위를 무심히 되풀이하고 있었다. 나는 그저 앉았다 섰다 한다. 그러다가 창밖을 내다보았다. 신천의 물이 많아졌다. 오랜만에 콸콸 흐른다. 물이 흘러서 좋다. "우리 나갈래?" "어디 가고 싶어요?" "수성못!" 남편은 마다하여 혼자 남고 셋이서 집을 나섰다.

못물이 잘 보이는 창가 자리를 찾아서 앉았다. 아이들은 커피, 나는 카모마일을 시켰다. 두 아이 다 겨운 걸음을 걷고 있는 중이다. 잡고 있는 선택지는 답을 말해주지 않는다. 그 안간힘을 나는 하릴없이 바라볼 수밖에 없다. 지금 우리에게는 위안이 필요하다. 그런 생각을 하면서 차를 마신다. 그럴 뿐, 현안은 서로 입에 올리지 않는다. 내가 모르는 요즘 음악이야기, 나도 거들 수 있는 영화이야기들이 차를 마시는 사이사이에 끼어든다.

짙푸른 나무들 사이로 수면을 돌아다니는 오리배들이 보인다. "오리배 타고 저 섬에 가보고 싶다. 한 번도 못 타봤어." 그냥 해본 말이다. 안 타봤음 타야지, 그게 뭐 어렵다고. 큰아이가 나가자고 채근한다. 비 오는 날 육십 대 엄마가 서른 넘은 자식들하고 할 일은 아닌 것 같다. 저건 데이트하는 젊은이들이나 하는 놀이다. 그리 말했지만 "갑시다." 작은 아이가 일어선다. 오후 여섯시에 배를 탔는데 제한 시간이 30분이란

다. 예순넷에 드디어 오리배를 탄다. 하늘이 낮아서 포근하고 비가 내려서 천지가 파스텔 톤으로 보여서 운치가 있다. 오리배들이 많이 떠다닌다. 기다란 목에 전조등처럼 불이 들어오는 리본을 달고 돌아다니는 오리배들이 좀 우스꽝스럽다.

배를 섬에 바짝 갖다 댄다. 섬이라기엔 너무 작은 동산이지만 물 위에 떠 있으니 섬은 섬인 게다. 섬, 맞다. 너도 섬이고 나도 섬이다. 오랜만이다. 스무 살의 어느 날, 무슨 일로 물을 다 빼버린 못을 가로질러 이 섬에 온 적이 있다. 장난삼아 들어왔다가 진흙에 발목이 빠져 애를 먹었다. 친구들과 깔깔거리며 떠들다가 관리인에게 꾸지람을 덮어쓰며 쫓겨났었다.

"섬에 들어가지 마시오." 팻말이 붙어있다. 나무들이 빽빽이 서서 숲을 이루고, 나무와 나무 사이의 땅에는 키 작은 풀꽃들이 자라고 있다. 하얀 오리 여남은 마리가 오종종 모여서 쉬고 있다. 잿빛깃털의 작은 오리 한 마리는 홀로 사색중이다. 보면서 반가워하다가, 눈을 마주쳐볼까 찬찬히 들여다보다가 문득 "미안하다."는 말이 입에서 새어나온다. 도저히 납득할 수 없을 만큼 큰 '오리'를 눈앞에 들이대고는 참 좋아하면서 저를 바라보는 나를 저 작은 진짜 오리는 어떻게 생각할 것인가. "돌아가자." 못 한복판에 와서 뒤돌아보니 숲에 백로들이 하얗게 앉아있다. 숲의 품에 들었구나, 그래 편히 쉬어라.

돌아가는 길이 멀어 보인다. 구조선이 제트기처럼 휙 지나간다. 물이 두 갈래로 나뉘더니 물너울이 커진다. 배가 위태롭게 흔들린다. "천천히 밟아라." "괜찮아요." 비틀즈 멤버인 폴 메카트니가 젊은 시절에 부른 "내가 예순네 살이 되었을 때"를 생각하면서 물무늬를 바라본다. 메카트니는 노랫말과 많이 다른 예순네 살을 맞았다고 한다. 인생은 그런 것이다. 예기치 않은 일들이 일어나게 마련이다. 물무늬, 물의 결이 아름답다. 살아가는 일도 무늬를 만드는 일일 터, 삶의 결 또한 아름다운 것이리. 그 온갖 지난함에도 불구하고.

먼저 내린 둘째가 내민 손을 잡고 오리배와 이별한다. 오래 배들은 선착장에 나란히 정박하여 하루를 마감한다. 사위를 휘 둘러본다. 북쪽으로는 거대한 도시가 불빛을 쏘면서 높이 서 있고, 남쪽으로는 침묵에 든 검은 산이 보인다. 우산을 쓰고 주차장을 향해 걸어가는 두 아이의 뒷모습, 미래가 창창한 젊은이들이다. 바람 쐬러 나가자는 핑계로 나는 아이들과 한가하게 노닐고 싶었다. 어미의 마음을 모르는 척 아이들은 짐짓 무심하고, 나는 근심이 없는 사람처럼 좋아라, 좋아라, 기뻐한 시간이다.

(2016.)

내 인생의 나무들

수려하다. 1미터 남짓의 원줄기는 단단하고 날씬하다. 연둣빛 잎맥이 선명한 초록잎사귀들이 나무의 상층부에 풍성하게 겹쳐져서 보기에 좋다. 원줄기의 아래쪽에는 작은 잎사귀들이 오밀조밀 돋아나 있어서 심심하지가 않다. 김환기선생이 많이 그린 '달항아리'를 빼닮은 우윳빛 화분이 이 나무를 품고 있는 것은 금상첨화다. 게다가 짙은 갈색의 세련된 나무받침대 위에 서있다. 뱅갈고무나무, 멋지다.

봄이 한참이나 마을 속으로 걸어 들어온 토요일 오후에 칠성 꽃시장에 들렀다. 길을 가다가 꽃시장이 보여서 들어간 게 아니고 지난겨울부터 꽃시장엘 가야지 하고 벼르다가 숨통을 여는 마음으로 갔다. 들숨날숨이 편치 않을 만큼 건강이 좋지 않았다. 이 지면에 지병들을 토설한들 무엇 하랴. 학창시절에 시작되어서 아이 가졌을 때 정점을 찍고도 늙어가는 나에게 여태껏 들러붙어 있는 두통정도라고 해두자.

짧지 않은 세월 굽이굽이 삶의 모퉁이를 지날 때마다 나무를 사들였다. 그렇다고 내내 꽃이나 나무를 들여다보고 산 건 아니다. 기본적으로 내 생활이 그렇지 않다. 나는 나를 건사하는 데 급급하며 살았다. 그 살아옴의 또는 살아감의 어떤 길목에서 의미를 부여한 나무를 사들인 건 나를 추스르기 위한 몸짓이었다. 집에는 물론 작고 큰 화초들이 있다. 그럼에도 "내가 사랑할게." "너도 나를 좀 보아줘." 그런 마음으로 들이는 꽃이나 나무는 따로 있다.

이쯤 되면 나무에 대한 나의 사랑은 애착이 된다. 잎사귀가 시들거나 수형이 축 처지거나하면 마음이 쓰인다. 들여다보고 또 들여다보다가, 인터넷에서 그의 생장환경을 찾아보다가, 다시 꽃시장에 가서 이것저것 물어본다. 이번에도 그랬다. 가장자리가 마른 잎사귀를 따 주고 스프레이로 물을 뿌려서 윤기를 보태고 흙을 뒤적여 습기를 가늠했다. 나무가 생기를 찾았다. 내가 들여온 나무이기에 그 안위를 살피는 건 당연하다. 마음을 그렇게 먹어서 그런지 모르지만 나무가 나에게 주는 위안이 크다. 소파에 앉아서 나무를 바라본다. 먼 섬을 상상한다. 섬은 고무나무 숲에 덮여서 짙푸르다. 아열대의 햇살이 숲을 적시고 바람이 가만가만 숲을 흔든다. 고요하고 평화롭다.

내 몸을 지배하고 있는 병소病巢들이 가볍다.

뱅갈고무나무를 사겠다고 미리 작정한 건 아니다. 서로 경계도 없이 잇대어 있는 넓고 짙푸른 화원을 미로처럼 헤매다가, 결정하지 못해서 가게주인들의 애를 태우다가, 어느 순간 이 나무에 시선이 꽂혔다. 말했듯이 수형이 아름다워서 반했다. 광택이 없어서 더 우아한 달항아리 화분, 기하하적 구조물의 받침대가 다 한 몫을 했다. 오래오래 함께 살았으면 좋겠다.

몇 번인가 내 생활을 넘어 영혼에까지 닿은 나무들을 만났다. 대나무가 있었고 행운목이 함께했다. 지금 생각하면 대나무는 겉멋이었다. 대나무의 이미지에 취했었다. 좀 오래전에 새집에 이사를 하면서 대나무를 들였다. 오죽烏竹이 촘촘히 서 있는 세 개의 기다란 화분을 잇대어 베란다에 세웠다. 대나무를 보기 위해 커튼을 없앴다. 거실에서 내다보며 정말 많이 좋아했다. 그때는 감당하기 힘들만큼의 두통에 밤낮으로 시달릴 때였다. 사계절 푸르른 대나무다. 지조의 상징인 나무다. 곧게 뻗은 모습이 일품인 나무다.

날씬하고 무성했던 나무는 그러나 오래지 않아 누릇누릇 말라갔다. 바다에서 살아야할 물고기를 어항에 들인 것일 터, 물색없이 선비 흉내를 내고 싶었던 게다. 그랬다. 달빛 교교한데 지창紙窓에 비치는 대나무 그림자를 보려한 것이다. 나에겐 지창이 없고 도회지엔 여간해서 교교한 달빛의 정조를 느낄 수도 없는데 지나친 감상이었다. 또 하나 있다. 행운의 나무, 행운목. 두 그루였다. 나와 오래 살았다. 너무 잘 자라서 천장에 닿은 정수리를 몇 번이나 잘라 주었다. 원줄기가 산에 있는 여느 나무만큼 굵었다. 건강했다. 길고 넓은 잎사귀들을 바라보노라면 나도 힘이 솟았다. 나무는 그렇게 십여 년을 베란다에서 나를 들여다보았다. 파수꾼이 서 있는 듯 든든했다.

4박 5일 여행을 마치고 현관문을 여니 진한 꽃향기가 거실을 꽉 채우고 있었다. 뜨거운 여름, 행운목은 사력을 다해서 꽃을 피웠다. 눈물이 핑 돌았다. 꽃숭어리가 많았다. 창문을 열었고 물을 흠씬 주었다. "미안하다. 정말 미안하다." 카메라로 꽃을 찍어서 거실 탁자 유리 밑에 끼웠다. 지금도 차 마시면서 그 꽃을 본다. 행운목은 몇 해를 더 살다가 우리와 이별했다.

남아 있는 나날에 내가 또 어떤 나무를 들여놓을지 모르겠다. 지금은 뱅갈고무나무와의 내밀한 시간이다. 그가 싱싱하므로, 그가 의연하므로, 그가 아름다우므로 더할 나위 없다. 젊은 엄마가 젖먹이를 바라보듯, 나이든 엄마가 헌헌장부 자식을 바라보듯, 소망을 품고 든든해하며 기분 좋은 시간을 보내고 있다.

(2019.)

날아라, 새야

창공은 드높고 광활하다. 그게 너의 세계다.

포르릉 날았다. 천 길 낭떠러지였으나 무사히 착지했다. 땅은 메마르고 군데군데 자동차란 것들이 시커멓게, 허옇게 서 있다. 다리에 힘을 주고 걷기 시작했다. 종종종, 뽈뽈뽈, 요리조리 걸었다. 무섭지만 신기하고 재미있다는 게 먼저다. 부리로 땅을 콕콕 쪼아본다.

　새끼까치 한 마리가 플라타너스 속 둥지에서 날았다. 날아서 내 눈앞 빈터를 돌아다닌다. 그게 지금의 정황이다. 착지의 순간을 목격하진 못했지만 둥지가 플라타너스 높은 가지에 있다는 걸 알고 있다. 나무의 실가지에 잎눈이 트기 시작할 무렵 까치 두 마리가 잔가지들을 부지런히 물어다 날라서 근사한 집을 축조하는 것을 보았던 터다. 저 어린까치의 집이 지금은 잎사귀들에 가려서 보이지 않지만 내가 본 그 둥지임에 틀림없다. 증명하라면 방법이 없으나 심증이 그렇다.

어린까치가 눈앞에서 종종거리며 돌아다닌다. 제 발걸음과 내 눈길이 함께 빈터구석구석을 다니고 있다. 그래, 날았다. 날개를 활짝 폈으니 겨드랑이도 시원했겠다. 멋진 신세계를 꿈꾸며 날았겠구나. 무성한 이파리 속 둥지가 갑갑하기도 했겠다. 어미가 물어다주는 먹이도 감질났겠다. 잘했다, 너의 날개는 더욱 탄탄해지고 너의 미래는 창창할 것이야. 그렇게 어린 것을 격려하면서 한가로운 시간을 보낸다.

오, 그러나 평화는 잠시, 큰 까치 두 마리가 깍깍 소리를 내며 푸드덕푸드덕 날기 시작한다. 눈앞은 까치들의 어지러운 날갯짓으로 갑자기 소란스럽다. 새끼까치가 응답을 하듯 쪼로롱 걸어갔으나 품지 못하고 종횡무진 날며 울부짖기만 한다. 이리 내려와서는 안 되는 것이었나? 부리도 날개도 덜 여물었는데 이 철부지가 너무 용감무쌍했나? 혈연을 확인할 길은 없으나 두 마리 큰 까치는 어미아비가 분명하다. 그렇지 않고서야 어찌 저렇듯 가슴 찢는 소리를 내겠는가.

일을 하다 내다보니 어린 것은 보이지 않고 어미아비는 여전히 나뭇가지 속에서 울어댄다. 어미아비의 심정이 되어 찾아보니 고것이 자동차들 사이를 부지런히 쫓아다니고 있다. 몇 걸음 걷다가 포르릉 날고, 날았다가는 또 제자리에 서서 자동차를 올려다보기도 한다. 그러다가 저와 나 눈이 마주친다. 나는 저를 애련히 보고 저는 나를 미심쩍게 살핀다. 부리 주위에 솜털이 보송보송하고 꽁지도 겨우 손가락 한두 마디 길이다. 쪽빛 나는 긴 꽁지를 뽑내려면 햇살이 더 많이 내리고 바람도 좀 더 오래 불어야 되겠다.

까치들이 갑자기 이상한 행동을 하기 시작한다. 미친 듯이, 정말 미친 듯이 잎자루를 찍어대고 있다. 플라타너스 넓은 잎이 하나둘 떨어진다. 희한하게도 두 마리가 유독 한 개의 가지만을 공격한다. 게다가 가지와 잎자루가 붙은 부위를 정확하게 쪼아대고 있는 것이다. 순식간에 가지 하나가 맨몸을 드러낸다. 절규다.

저 몸짓, 어린 것이 정녕 위태롭다는 것인가. 내가 생각하기엔, 일단 70cm 정도 높이의 화단으로 날아서 향나무를 한 단계씩 뛰어 꼭대기에 오른 다음 수평으로 10m쯤만 날면 플라타너스의 맨 아래가지에 당도할 수 있을 것 같다. 그러고 나서 가지를 하나씩 공략하면 제 집으로 돌아갈 수도 있고, 하늘을 날 수도 있을 것 같은데, 그런 요령이 있으려나.

붙잡아서 향나무에 올려주려고 다가가니 저도 명색 새인지라 잽싸게 달아난다. 지나가던 세 여자가, 그리고 건물에서 담배 피러 밖으로 나온 남자 둘이 이 사태에 관심을 보인다. "저 걸 어떡해!" "다 저 알아서 산다." 그러고는 자리를 뜬다. 저 알아서 산다, 에 내 곡진한 마음을 보탠다.

저 어미아비의 걱정이 공연한 것이었으면 좋겠다. 새끼가 길을 잃었다고, 그래서 위험에 노출되어 있다고 소리 지르는 게 호들갑이었으면 한다. 부모들이란 그런 것이다. 새끼의 힘, 새끼의 꿈을 다 헤아리지 못하고 언제나 근심, 걱정, 노심초사 속에서 산다. 정작 새끼는 아랑곳 않고 잘도 돌아다니는 데…….

날았다, 착지했다, 탐색했다, 발바닥으로 땅의 감각을 익혔 다. 날것의 본능을 몸은 이미 알고 있다. 눈을 뜨는 순간부터 비상을 꿈꾸었다. 잎사귀들 사이로 보이는 하늘을 동경했다. 날자, 햇살을 뚫고 바람을 가르며 날자. 어린 것은 지금 그렇 게 마음을 다잡으며 비상할 순간을 가늠하고 있을 것이다.

요것, 또 행방이 묘연하다. 정말 날아갔나? 그랬으면 좋겠 다. 날아라, 새야. 새야 날아라. 창공은 드높고 광활하다. 그게 너의 세계다.

(2013.)

사람살이 다 그런 것 아닌가

횡단보도 앞에서 멈추어 선다. 걷는 모양을 한 초록사람이 점멸하고 있기에 건널까 하다가 한 걸음 늦추었더니 금세 빨강사람이 부동자세로 우뚝 선다. 길 건너 국밥집에 갈 참이다. 무심히 건너편을 바라본다.

한 남자가 쭈그리고 앉아서 휴대폰으로 누군가와 얘기를 한다. 내 옆에서 쉿소리가 나서 고개를 돌리니 또 한 남자가 앉아서 갈라지는 저음으로 통화를 하고 있다. 왕복 5차선 도로를 사이에 두고 같은 자세로 전혀 다른 분위기의 두 남자가 휴대폰에다 뭐라 말을 하고 있는 것이다. 내용은 알 바도 아니고 들리지도 않지만 신기하게도 두 남자의 앉은 모양새가 닮았다. 엉덩이를 거의 땅에 대다시피 하고 두 무릎은 세워서 앉았다. 휴대폰을 든 오른팔은 무릎에 고이고 왼팔은 방심한 듯 펴서 왼쪽무릎에 늘어지는 모양으로 걸쳐 놓았다. 두 남자가 그렇게 마주하고 앉아있다.

옆의 남자를 훔쳐보고, 건너편 남자를 바라본다. 같은 시각에 마주 앉아서 각각의 세상으로 연결된 보이지 않는 줄을 잡고 신호등이 바뀔 동안의 시간을 보내고 있다. 하지만 그 둘의 분위기가 하도 달라서 각자가 연결하고 있는 세계도 확연히 다를 것 같다. 옆의 남자는 환자복을 입고 있다. 깡말랐으며 숱이 적은 반백의 머리칼이 이마를 무질서하게 덮고 있다. 일흔은 훌쩍 넘어 보인다. 맞은편 남자는 젊고 덩치가 좋다. 마흔 살쯤 되었을라나. 청바지와 티셔츠를 입었다. 야단스런 문양의 티셔츠가 미안하지만 좀 촌스럽다. 대체 젊은 남자가 왜 저런 모양으로 앉아있는가. 신호등 바뀌는 시간이 얼마나 된다고.

그들이 마주보고 있게 된 정황을 짐작해본다. 각각 길을 건너기 위해 횡단보도로 왔는데 빨강사람이 정지를 명했다. 하여 쭈그리고 앉았고 요즘 사람들이 밤낮으로 휴대폰을 얼굴에 대고 있듯이 그들도 그러고 있는 게다. 늙은 남자는 아마도 "문병가지 못해 미안하다."는 친구에게 "바쁜 줄 알고 있으니 괜찮다."고 말하고 있을 게다. 맞은편 젊은이는 누군가와 저녁에 술 한잔하자고 시시덕거리거나, 거래처와 통화하면서 열을 내고 있을 지도 모르겠다. 그렇듯 각자 제 시간을 살고 있는 것이다. 사소한 일이든, 큰일이든 사람에겐 늘 무언가 일이 일어나는 법이니까.

여기 나이 지긋한 환자와 저기 청년사이의 간극은 무엇인가. 둘 사이에 무슨 일이 있었던 건가. 세월과 병고가 있었다. 마흔과 일흔, 젊고 건강한 사람과 늙고 병든 사람, 그러니까 노老와 병病이 있었던 게다. 늙고 병든다? 늙고 병든다! 물론 기분 좋은 일은 아니지만 그렇다고 억울해할 일도 아니지 않은가.

신호등에 갇혔던 사람이 초록색으로 몸빛을 바꾸어서 걷는 흉내를 낸다. 이때다, 사람들도 걸어야 한다. 그래 걷자. 옆의 남자가 무릎을 두 손으로 짚고 뿌지직 일어난다. 몇몇 재바른 사람들은 벌써 몇 걸음 앞선다. 환자의 슬리퍼가 한 발짝 내딛는다. "거 서 있으소!" 화통 삶아먹은 소리를 내며 이쪽으로 오는 남자의 귀에는 이제 휴대폰이 없다. 발을 떼려던 나도 엉겁결에 멈춘다. "왜 나왔어요? 안에 계시지." 젊은 남자가 환자를 나무란다. "바람 쐬려고." 늙은 남자가 건조하게 대답한다.

두어 마디 듣고 있는데 신호등이 또 정지명령을 내린다. 돈 가져왔나. 예. 미안하다. 목소리들은 갈라졌다가 힘이 들어갔다가 낮아진다. 환자의 팔을 잡고 젊은 남자가 조금 전 내가 왔던 길로 걸어간다. 그들과 함께 그들의 대화도 사라진다. 걸어가면서 이어질 그들의 말들을 생각한다. 밥은 먹었느냐, 몸은 좀 어떠시냐. 돈 많이 들어서 미안하다. 공사대금이 낼모레 나오니 괜찮다. 그들의 대화를 내 기분이 좋아지는 쪽으로 전개해본다. 들리지 않는 말들을 들으면서 횡단보도를 건넌다. 초록사람도 걷고 있다. 맑은 햇살이 내린다. 햇살이 씻어 내린 세상은 눈부시다.

횡단보도 폭만큼의 간극, 짧고도 길다. 두 남자는 부자간이다. 그리 생각된다. 아버지가 먼저 나와서 아들을 기다렸다. 시간이 남아돈다. 환자복 입고 밖을 나온 건 그런 시간에서 벗어나고 싶어서다. 아들은 일을 하다가 짬을 내서 아버지에게 왔다. 입원비 정산하는 날이다. 바쁘다. 늘 시간이 모자란다.

두 남자를 생각하며 국밥을 먹는다. 뜨거운 국물이 목으로 내려가니 속이 시원하다. 그 두 남자, 한세상 살아왔고, 한세상 살아갈 아버지와 아들을 생각하는데 이상하게도 마음이 편해진다. 나쁠 게 뭔가. 늙고 병들었다고? 살아내기가 팍팍하고 돈에 쪼들린다고? 그렇지 않은 삶이 어디에 있겠는가. 횡단보도를 사이에 두고 같은 모양새로 앉아있던 아버지와 아들이 눈물겹고, 돈 가져왔냐고 묻거나 그렇다고 대답하는 것도 눈물겹다. 사람살이 다 그런 것 아닌가.

(2013.)

해변에서

해변이다. 접이식의자에 비스듬히 기대어 앉아서 바다를 바라본다. 파타야 해변, 이른바 휴양지다. '편안히 쉬면서 지친 몸과 마음을 회복하기에 좋은 장소' 뜻 그대로라면 무엇보다 조용해야할 것이나 그렇지가 않다. 일상의 틈새에서 어렵게 빼낸 시간이어서 모두들 기분이 고조되어 있다. 말소리가 높다. 색깔도 곱다. 해변은 왁자지껄하고 화려하다.

몸과 마음이 몹시 어려울 때 여행에 합류했다. 어느 날 누군가 "여행!"을 소리쳤고 나머지는 환호하며 박수를 쳤다. 나는 이 모임의 올해 당번이다. 신의의 문제여서 빠질 수가 없었다. 정신의 힘과 몸의 힘을 모두 합쳐서 기쁜 듯이, 무척 즐거운 듯이 함께하고 있는 시간이다. 많이 아프다. 표현할 수 없으리만큼 온몸이 아프다. 감각기관들이 한데 뭉쳐서 총 공격을 하는 것 같다. 그래도 웃는다. 폐를 끼치고 싶지가 않아서다. 종아리부터 발가락까지 퉁퉁 부었다.

스피드보트를 타고 해변에 닿았다. '스피드', 이름값을 하느라 빨랐다. 뱃머리에서 바닷물은 솟구치고 부서져 내리기를 반복한다. 그럴 때마다 배는 미친 듯 뛰어올랐다가 "쿵!" 내려 앉는다. 짧은 항해를 끝내고 해변에서 쉬고 있다. 모두들 해변에 어울리는 옷으로 갈아입고 바다로 뛰어든다. 나는 옷과 짐을 지키겠다고 나선다. 휴양지의 해변이라는 그 화려함 속으로 들어가지 않고 비치의자에 몸을 맡긴 채 먼 바다를 바라보고 있다. 편안하다.

이따금 바다에 가면 다 내려놓고 마음을 풀어내는 시간을 가진다. 집을 떠나긴 했으나 나는 이곳저곳을 들여다보고 다니기보다 한곳에 머물기를 좋아한다. 수평선을 바라보며 오래 앉았다가 바닷물로 가만가만 걸어가서 손으로 물을 만지고 발을 들여놓는다. 발목에 와 감기는 바닷물의 촉감에 감격한다. 오, 나는 살아있구나. 생생하게 살아있구나.

그럴 때면 춤을 추고 싶다. 그리스인 조르바처럼 격정적인 춤을 추면서 무거움을 털어버리고 싶다. 하지만 그럴 용기가 없다. 동해의 남호해변에서 밤중에 딱 한 번 춤을 시도해보았지만 두 팔을 흔들면서 몇 번 뛰었을 뿐이다. 내 혼과 몸이 경계 없이 하나가 되어 무아지경으로 춤을 추는 것은 어림도 없었다. 조르바의 경지가 되어야 가능한 일이려니. 나는 참 못 났다. 탁 트인 수평선을 바라보면서도 스스로를 볶고 뒤집곤 했다.

그나마 다행하게도 바다를 바라보고 있으면, 오래 바라보면서 날숨들숨을 거듭하고 있으면 마침내 편안해진다는 것이다. 지금이 그렇다. 쉬고 있으니 기분이 한결 좋아진다. 해변을 걷는 사람들, 장난치며 떠드는 사람들, 바나나보트 타는 사람들, 챙이 큰 모자나 해변용 슬리퍼 들고 "예쁘다." "싸다." "5천원!" 을 우리말로 외치는 현지 상인들, 정신이 나갈 정도로 소란스럽지만 그런 정황들이 나를 방해하지는 않는다. 나는 그냥 내 맘대로 써도 좋은 시간을 확보해서 좋다.

의자에 누워서 눈을 감고 파도소리를 듣다가 불현듯 벌떡 일어난다. 몸이 그렇게 한 것이다. 현지 안내자에게 자리를 부탁하고 바닷물로 걸어 들어간다. 통이 넓은 청바지가 허벅지까지 젖어서 무겁다. 입이 나한테 물어보지도 않고 저 혼자 말을 토해낸다. "파도야, 네가 아무리 몰아쳐봐라. 내가 못 이기나. 못 버티나." 한 번 터져 나온 말은 잘도 나와서 거듭 소리를 지른다. 허리를 굽혀 두 팔로 파도를 끌어안는다. 그래 오너라. 내가 다 받아줄게, 받아주고 말고.

바지를 툴툴 털면서 의자로 돌아온다. 일행은 바나나보트에서, 해변에 늘어선 상점들에서 아직 돌아오지 않고 있다. 여기까지 와서 혼자만의 시간을 갖는 것은 그래야 나머지 일정을 따라다닐 수 있기 때문이다. 글을 쓰다 보니 영문을 알 수 없는 쓸쓸함이, 고단함이 따라왔다. 고단하긴 해도 쓸쓸하지는 않다. 누구나 나이만큼 여기저기 아프다고 하는데 나도 그렇다. 두어 가지의 지병과 30년 정도를 동고동락하여왔다. 최근에 한 가지의 질병에 만만찮은 합병증이 쫓아왔다. 여행일이 다가왔을 때 최고조로 아팠다. 그래도 합류했다. 말했듯이 당번이어서 그렇고, 이번을 놓치면 다음엔 정말 안 되지 않을까란 부풀려진 염려도 한몫을 했다.

여행의 후유증으로 한 달 남짓 아팠다. 찢어진 잎 몇 장 붙들고 있는 플라타너스를 내다보며 몸을 좀 정리했다. 현재로선 다시 어딘가로 떠날 용기가 나지 않는다. 그날 해변에서의 시간이 그래서 더 소중하게 느껴진다. 몸으로 파도를 받아 안으면서 당당하게 맞섰다. "내가 못 이기나. 내가 못 버티나." 그걸로 됐다.

(2018.)

3부

넘어지다

넘어지면서 살았는데,
어떡하지?
물음은 있고 대답은 없다.
아, 나는 조르바처럼 춤을 추고 싶다.
창문을 열고 눅눅한 이불을 털고 싶다.
영혼을 빨아서
햇볕 쨍쨍한 날
빨랫줄에 널고 싶다.

찔레, 뿌리내리다

찔레의 모양새가 말이 아니다. 누가 보아도 그게 찔레줄기인지 뭔지 모르겠다. 유심히 보지 않으면 눈에 띄지도 않기에 이 화단을 지나다니는 다른 이들에게는 아예 보이지도 않을 터이다. 그도 그럴 것이 손가락길이의 가녀린 줄기 서너 개가 비딱하게 서있기 때문이다. 그 생명력이 참으로 눈물겹다 하겠다.

지난 해 매화꽃이 필 무렵 지인의 매화 밭에 갔다가 밭둑에서 아직 잠자고 있는 찔레뿌리를 흙덩이와 함께 한 삽 푹 떠서 검정비닐봉지에 담아왔다. 심을 곳도 없는데 욕심을 냈다. 이튿날 일터에 가져와서 건물주의 양해를 얻어 건물 앞 화단에 심었다. 봄이 더 가까이 내려와서 지상에 꽃들이 활짝 필 즈음 뿌리를 묻어둔 곳에서 줄기 몇 개가 뾰족이 나왔다. 반가웠다. 그 줄기 네댓 갈래는 그러나 더 굵어지지도 않은 채 10여 센티

미터쯤에서 자람을 멈추었다. 봄비 여름비를 다 마셔도 그뿐, 핼쑥해지더니 목숨을 다해서 지푸라기보다 못한 잔해를 남겼다. 멀쩡한 뿌리를 가져와서 화단에 묻었으니 내가 잘못했다. 뿌리내리기, 다시 꽃피우기가 어떤 것인가를 찔레는 제 몸으로 항변했다.

겨울이 가고 다시 빛이 가까이 내려왔다. 앞에서 말했듯이 손가락길이의 줄기 몇 개를 맞이했다. 간밤에 봄비가 흠뻑 내렸다. 오래 가물었고 황사먼지에 시달리고 있었다. 찔레의 안위가 몹시도 궁금하여 출근하자마자 화단부터 들여다보았다. 축축이 젖은 검은 흙을 뚫고 고것이 팔을 내밀고 있는 것이다. 그래, 너 여태 거기에 있었구나. 네 뿌리는 잘 있는 거지? 그렇지? 수다를 떨었다. 그리고 며칠, 초록 이파리들이 오종종 나왔다. 예쁘다.

Y선생의 말씀이 생각난다. "살 겁니다. 저는 살려고 하고 나는 살리려고 하니." 선생이 마당귀에 꽃모종을 심을 때 "거기서 살겠습니까?" 미심쩍게 묻는 이웃에게 선생은 그렇게 대답했다고 하셨다. 척박한 땅에서 겨울을 나고 다시 눈뜨는 찔레를 기어코 살려내고야 말겠다. 내 저를 물색없이 강제이주시켰다. 책임이 없을 수가 없다. 땅 한 뼘 없는 주제에 잘 살고 있는 그것을 가져와서 남의 화단에 더부살이를 시켰으니 반드

시 살려내야 하고 꽃피우게 해야 한다.

몇 해 전까지 이 건물 뒤꼍 화단에 찔레가 있어서 봄이면 하얀 꽃이 무더기로 피었다. 나는 꽃을 즐겼고 더러는 꽃을 보면서 유년의 우리 집 담장에 줄기줄기 피었던 찔레무더기를 기억했었다. 그러노라면 그 아래 장독대에서 된장 고추장을 퍼내던 엄마가 떠오르고 이내 엄마의 파란만장했던 일생이 흑백영상처럼 지나가면서 웃지도 울지도 못하는 심경에 빠지곤 했다. 그때 엄마는 젊었고 지금 나는 늙었다. 늙은 내가 젊은 엄마를 그리워하면서 찔레꽃들과 내밀한 시간을 보내곤 했는데 어느 날 폐수가 흘러들어 속절없이 죽어버렸다. 그 상실감을 어쩌지 못해서 좀 더 좋은 환경이라 여겨지는 앞 화단에 뿌리를 묻어놓고 오매불망 기다린 것이다.

찔레를 들여다보고 있노라니 불현듯 어린 베트남처녀가 생각난다. 지난 번 친정에 갔을 때였다. 조카가 결혼을 하게 되었다고 해서 모두들 기뻐하며 축하를 했다. 조카는 예비신부의 사진이 담긴 휴대폰을 방안에 돌렸고 친척들은 예쁘네, 착하게 생겼네, 연이어 환호를 했다. "너 하나 보고 오는 것이니 정말 잘해야 한다." "잘 살아야 한다." 덕담을 했다. 조카보다 스무 살이나 아래라는 그 처녀는 지금 결혼이주에 대한 절차를 밟고 있는 중이라고 하였다. 내 조카 일이라 마냥 좋아하다가 분득 옮겨 심은 찔레가 생각나면서 뜨끔했고, 많이 미안했다.

낯선 나라 낯선 사람들 속에서 살아내기가 지난할 터, 그 스무 살 아가씨가 무척이나 안쓰럽다. 이 찔레나무처럼 호된 몸살을 앓게 되겠지. 이 땅에서 아내로 엄마로 뿌리내리기를, 마침내 그 삶이 꽃으로 아름다이 피어나기를 바라는 마음 간절하다.

어제는 건물 주인이 화단의 나무들에 거름을 뿌리기에 한줌 움켜쥐고 찔레줄기가 있는 곳에 가만가만 덮었다. 봄비가 한 번 더 내리면 거름의 양분이 스며들어서 생기를 돋우어 주겠지. 오, 제발 달게 마시고 뿌리가 튼실해졌으면 좋겠다.

내일쯤 줄기 하나가 더 나오고 며칠 후에 또 나오고 키도 자라서 그것이 좀 꽃나무다운 면모를 갖추었으면 하는 바람이 크다. 그리하여 천지에 오만가지 꽃들이 환하게 필 때 이 작은 찔레나무에서도 여린 꽃잎들이 하나씩 둘씩 벌어져 노란 꽃술을 보여주었으면 더할 나위 없겠다.

(2015.)

길·5
−오래오래 쉬는 집

내가 사는 도시를 벗어난다. 인접해 있는 작은 도시도 벗어난다. 구조물들의 밀도가 낮아진다. 풍경과 풍경 사이에 여백이 생긴다. 낮은 산 능선이 이어지고 그 기슭에 낮은 집들이 옹기종기, 띄엄띄엄 앉아있다. 무채색의 논밭들 너머 마른 나무들이 줄지어 서 있다. 햇살이 은총처럼 내린다.

겨울산야는 묵상 중이다. 논밭을 훑으며 지나간 바람이 건너편 나무들을 흔들고 집과 집 사이를 지나다니겠지만 차창 안에서 내다보는 풍경은 고즈넉하다. 자연은 말없음으로 오히려 깊이를 가늠하기 어려운 말씀을 하고 계신다. 자동차들이 쌩쌩 다니는 왕복 8차선 고속도로는 양쪽에 온갖 말들을 주렁주렁 달고 있다. 우회전 금지, 안전띠 착용, 졸음주의, 사고 많이 나는 곳, 낙석주의, 갓길 없음, 그렇게 잔소리들을 늘어놓으면서 길은 이어진다.

넓고 곧은길이 끝나고 폭이 좁아진 S코스로 들어선다. 탄탄대로를 잘 건너왔는가? S코스는 별 탈 없이 지나갈 것인가? S코스에서 나는 늘 멀미를 한다. 굽은 길 험한 길도 의연히 지나가고 싶은데, 깊은 구렁도 훌쩍 건너뛰고 싶은데 자주 상처를 입고 주저앉곤 했다.

지루한 S코스가 끝나고 시멘트 길을 터덜터덜 지나서 대나무 숲과 두렁이 구불구불한 논밭 사이를 헐떡거리며 지난 다음에 동화 속 그림 같은 성당 마당에 자동차를 세운다. "하늘원-봉안당"이다. 나의 길, 우리의 길 끝에서 만나게 될 영면의 집이다. 몸을 털어내어 가벼워진, 몸이었던 몸의 집이다. 오래오래 쉬는 집이다.

여러 해 전에 갑자기 마련한 사후의 내 집이다. '내 집'에 대한 뿌리 깊은 욕망이 바닥에 깔려 있었는지는 잘 모르겠다. 나라고 내 마음을 다 아는 건 아니니까. 자아를 불러내어 왜 그랬느냐고, 그것도 탐욕이라고 따져보지 않았다. 주보에 '하늘원'에 대한 소개가 있었다. 설렜다. '내 집 마련'의 욕구가 생긴 것인데 그것이 천박한 것인지 어떤 것인지 생각해보지 않았다. 지금 마련하고 싶다. 그것이었다.

현장을 찾았다. 길을 잘못 들어 산골길을 되돌아 나오고 다시 찾아들며 헤맨 끝에 그곳에 당도했다. 등록은 산 아래 마을 작은 성당에서 마쳤다. 조감도만 보았다. 지나가는 사람들에게 물어봐도 잘 몰랐다. 터는 잡았지만 공사는 시작되지 않은 그냥 땅 뿐이었다. 어쨌거나 분양받은 아파트를 기다리듯이 몇 년을 보냈다. 재작년 5월에 완공되었으나 와 볼 기회를 잡지 못했다.

진목정성지 성당 제대 뒤편에 '하늘원'이 있다. 깨끗하고 안온하다. 우리가 생각했던 것 이상이다. 남편이 많이 좋아한다. 나도 좋다. "여기가 거기다. 얼마나 좋으냐?" 이곳 얘기가 나올 때마다 너무 빨리 마련했다고 투덜대던 아이들에게 의기양양 말한다. 함께 온 아이들은 말없이 살피기만 한다. 1층 F-b관, 다섯째 줄 아래에서 세 번째 부부 칸.

호젓한 오솔길을 걷다가, 왁자지껄한 장바닥을 걷다가, 악산을 오르다가, 고속도로를 신나게 달리다가, 구토를 참으며 굽은 길을 가다가, 비포장도로를 덜컹대며 가다가, 궁극에는 어딘가에서 끝나는 게 한 생에 주어진 길이다. 가고 또 가고, 갈 수밖에 없다. 그게 진실이다.

어떤 길을 걸었든, 그 길에서 어떻게 살았든, 길의 끝에서 삶이 끝난다. 나쁘지 않다. '하늘원-봉안당'을 보고 나니 참 편안하다. 잘은 모르지만 길은 아직 남아있을 터이고 그 길에서 내 발에 더러 상처가 생기기도 하겠지만 두렵지 않다. 잘 걸을 것이고 힘주어 걸을 것이다. 걷고 걷다가 길 끝에 이르는 것이 살아있는 자의 숙명이며 순리이다. 하여 순명하는 것이다.

출발할 때 김광석의 앨범을 꽂았다. 몇 바퀴를 돌았는지 모르겠다. 같은 노래를 몇 번 들은 것 같다. 언제 들어도 가슴이 아픈 김광석의 목소리가 "먼지가 되어"를 부른다. '~시를 써 봐도 모자란 당신~먼지가 되어 날아가야지~바람에 날려 당신 곁으로~' 누구든, 무엇이든 먼지가 되는 것이지. 한줌 재가 되던지, 한 점 먼지가 되던지. 그리 되는 것이다. 오늘따라 '먼지'란 말이 노랫말의 정서와는 사뭇 다른 정감으로 와 닿는다. 그래, 먼지가 되면 참 가볍겠다.

(2019.)

무탈하게

장미꽃다발이 내게로 왔다. 빨간 장미 예순한 송이, 배달 온 사람이 쥐고 있는 종이에 '장미 61송이'라고 적혀 있는 걸 볼 때만 해도 그 뜻이 와 닿지 않아서 그냥 서명만 했다. 도대체 누가 왜? 끼워놓은 편지를 열었다.

"축하합니다. 甲子회로 긴 여정, 무탈하게 돌아 원점으로 회귀하심 경하합니다. 밝은 새날에 새로이 시작되는 甲子여로는 풍성한 글밭에 늘 꽃향기 가득하길 바랍니다."

선생께서 스무 해나 아래인 후배에게 보내신 것이다. 그 각별한 사랑이 느껴지는 순간 가슴이 먹먹해졌다. 나는 생일을 음력으로 지내는데 선생은 양력으로 생각하셔서 훨씬 빨리 보내셨다. 꽃을 받아들었을 때 그래서 얼른 알아차리지 못했다. 고운 자태로 가지런히 누워있는 장미를 한참 내려다보다가 편지를 다시 읽었다.

'甲子회로 긴 여정, 무탈하게 돌아 원점으로 회귀하심~' 긴 여정, 맞는 말씀이다. 참으로 긴 여정이었다. 굽이굽이 힘든 길이었다. 하지만 불현듯 '무탈하게 돌아 원점으로 회귀'했다는 느낌이 확 끼쳤다. '무탈하게'에 감격했다. 그렇게 탈도 많았다고 생각했던 내 육십 년 삶이 그 순간 참으로 무탈했다는 생각이 들었다. 선생께서 내게 그걸 깨우쳐 주셨다.

지난세월 고뇌했던 일들, 가슴 쓸어내렸던 일들, 내쉬던 한숨소리들, 구시렁거렸던 불평들, 그 모든 일들이 차례로 떠올랐다. 무슨 일이 있었냐고? 한 생을 살다보면 누구에게나 일어났음직한 일들이었다. 사소한 일이었노라고 가볍게 말할 수는 없겠지만 그렇다고 특별할 것도 없다. 어찌 내내 봄바람만 불겠는가. 더러는 폭풍우 속에 서기도 하는 것이다. 결코 건너지 못할 강이 아니었고 넘지 못할 산도 아니었다. 나는 삼십 년이 넘게 일터에 있을 정도로 건강했고 감성도 살아있어서 책 읽고 글 쓰며 잘도 살았다. 그게 바로 '무탈'인 게다.

카랑카랑하니 맑은 하늘에서 햇살이 금빛으로 부서지며 지상으로 쏟아지고 있었다. 사람들은 빠른 걸음으로 걸었고 자동차들은 어딘가로 부지런히 달리고 있었다. 모든 게 살아서 움직였다. 그렇게 보였다. 그 아침 나는 새로 시작하고 싶었다. 무탈했음에 감사하며 새로이 시작되는 여로 또한 별 탈이 없기를 바라는 마음 간절했다. '원점'이 내게 주는 의미는 그토록 깊고 컸다.

이태 전의 일이다. 진정 그랬었다. 지나간 삶을 되짚어보면서 감사했고 다가올 날들 앞에 겸허했다. 그 마음은 그러나 시나브로 희미해지고 나는 여전히 나날의 근심에 붙들려서 헤매고 있으며, 일과 일 사이에 문자판을 두드리고 있을 정도로 건강함에도 온몸이 아프다고 그야말로 늘 앓는 소리를 한다.

나는 겨울에 태어났다. 겨울이면 유난히 추위를 타서 뱀처럼(나는 뱀띠다.) 겨울잠을 자고 봄 햇살이 가까워질 때 다시 나오고 싶다고 웅얼거리곤 했다. 엄동설한에 탯줄이 잘리면서 나는 추위 속에 느닷없이 던져졌다. 내 몸은 그것을 기억하고 있다. 몸이 잊지 못했으므로 마음까지도 내내 추웠다. 뭐, 그런 말도 안 되는 불평도 했다. 그러니까 매사에 힘들어했고 피하고 싶어 했다.

가을이 깊어간다. 또 한 번의 겨울이 저만치서 오고 있다. 장미꽃다발을 받아 안은 그날의 마음을 되찾아야겠다. 세상의 온갖 꽃들과 새들과 빗소리와 물소리에 환호하며, 자연의 아름다움과 풍요로움을 무상으로 누리고 있다. 무엇보다 지금 나는 살아서 숨 쉬고 있다. 하여 마땅히 새로워져야한다. 사랑하고 미안해하고 고마워하면서 살아야한다. 그럼에도 불구하고 앞으로도 나는 자주, 미워하고 분노하고 원망하는데 소중한 시간들을 헛되이 써버릴 것이고, 이건 너무 심하다고 습관성 비명을 지를 게 불을 보듯 뻔하다. 그때마다 기억하련다. 나 무탈하게 원점으로 회귀했으니…….

(2015.)

삶에 감사하며

미세먼지가 말끔히 걷힌 하늘이 지상으로 금빛햇살을 쏘아
주는 아침이다. 강둑에 언뜻언뜻 보이는 연둣빛 낌새를 반기
며 출근을 한다. 라디오에서 메르세데스 소사의 「삶에 감사하
며(Gracias a la vida)」가 흘러나온다. 영혼을 울리는 알토목소
리를 참 오랜만에 듣는다. "내게 그토록 많은 것을 준 삶에 감
사합니다."로 시작되어 감사한 모든 것들을 말하며 기도하듯이
부르는 소사의 목소리를 듣는 이아침, 더불어 감사하다. '귀뚜
라미와 카나리아 소리, 망치소리, 개짓는 소리, 빗소리~'를 들
을 귀를 주심에 감사한다. 우리가 늘 아무렇지도 않게 놓쳐버
리는 소소한 일들을 주옥같은 노랫말이 그렇구나, 그걸 잊은
채 살고 있구나, 깨우쳐 준다.

스무 살 즈음에 안톤 슈낙의 「우리를 슬프게 하는 것들」을
그 나이다운 감성에 빠져서 읽었다. "울고 있는 아이의 모습은

우리를 슬프게 한다. ~날아가는 한 마리의 해오라기, 추수가 지난 뒤의 텅 빈 논과 밭~ 이 모든 것은 우리를 슬프게 한다." 슈낙의 문장은 울림이 크다. 그의 '슬픔'에는 인간과 생명에 대한 연민이 배어있다.

음악도, 문학작품도 작가개인의 창작물을 넘어서 그 시대를 표상하고 동시에 시대를 초월하는 인간정신의 소산물이라는 생각이 든다. 메르세데스 소사는 정치적 경제적 어려움에 처한 조국 아르헨티나의 민중들에게 노래로 삶의 희망을 주었고, 안톤 슈낙은 특유의 유려한 문체와 서정적인 내용으로 세계대전으로 피폐해진 인류의 정서를 정화시켰다. 지금 우리가 그렇다. 위로가 필요하고 서로 긍휼히 여기는 마음이 필요하다.

애청하고 있는 클래식-FM의 주파수가 어느 날부터 잡히지 않았다. 잡음이 심해서 도저히 들을 수가 없다. 채널 맞추다가 신경이 날카로워진다. 가지고 있는 CD로는 도저히 충족되지 않는다. 감미로운, 경쾌한, 장엄한 여러 갈래의 음악을 더 많이 듣고 싶다. 일하면서 음악을 들으면 마음이 평화로워진다. 어찌어찌 중고오디오세트를 손에 넣었다. 전문가가 구리선을 연결하여 안테나를 길게 올려주었다. 오늘은 구노의 「장엄미사」를 한 시간쯤 들었다. 오, 아름다운 음악이여! 부를 수 있다면 소사의 노래를 부르고 싶다, 삶에 감사하며.

지난 늦여름, 일터건물의 화단에 꽃을 좋아하는 여인이 쑥부쟁이를 심었다. 보라색 꽃이 활짝 핀 채로 강제이주당한 그것이 살 수 있을까 염려했는데 다행히 피고지고 하면서 가을을 채우고 겨울초입까지 보랏빛 생명을 이어갔다. 들길이나 산길을 걸어야 볼 수 있는 가을꽃을 창 너머로 종일 볼 수 있었다. 도회지라는 회색빛 섬에서 날마다 만날 수 있는 쑥부쟁이가 그토록 위안이 될 줄 몰랐다. 지금은 그것이 바짝 마른 꼬챙이가 되어 기우뚱 서있지만 여름이 오면 그 자태를 드러낼 터이다. 다시 만날 날을 기다린다, 삶에 감사하며.

며칠 전에 J선생이 매화나무 몇 가지를 가져다주었다. 정원의 매화나무에 꽃망울이 맺히면 작은 가지 몇 개를 꺾어서 해마다 봄소식을 전해 준다. 맑은 병에 물을 채워서 가지를 꽂아 놓으니 실내의 안온한 공기에 금방 만개한다. 유감스럽게도 피어난 속도만큼이나 빨리 이울긴 하지만 무미건조한 공간에 며칠이나마 봄이란 시간을 뿌려준다.

짧게 머물다 가는 매화는 모든 것은 유한하다는 평범한 진리를 깨우쳐 준다. 슬픔도 기쁨도 지나가는 것이며 고통도 절망도 마냥 머무르진 않는다. 시간은 흐른다. 모든 건 시간을 따라 흘러간다. 그래서 허무한가, 아니다. 유한하기에 살아있음이 절절하고 눈물겹다. 이렇듯 사소한 기쁨이 '들의 꽃처럼 하늘의 새처럼' 많다.

　슈낙의 「우리를 슬프게 하는 것들」이 오히려 위안이 되듯이, 우리를 기쁘게 하는 것들 또한 결코 만만치 않은 삶에 대한 희망과 열정을 가져다준다. 우리에게 주어진 것들도 소사가 미처 다 부르지 못한 노래 밖 세상에 넘친다. 한 시간, 하루, 그리고 남은 날들을 밀도 높게 보내고 싶다, 삶에 감사하며.

(2017.)

오래된 서점에서

낮선 공간으로 들어선다. 커피향이 자우룩한 실내에는 쇼팽의 녹턴이 흐르고 있다. 야상곡은 낮에 들어도 참 좋다. 잠시 달빛 고요한 오솔길을 홀로 걷고 있는 것 같은 착각에 빠진다. 아래층, 위층 벽면이 책으로 꽉 찼다. 온통 책 천지다. 커피냄새와 책 냄새, 음악이 어우러진 북 카페다. 오래 전에 자주 들렀던 서점인데 언제부턴가 카페형식으로 태를 바꾸었다.

수십 년 전, 근처의 고등학교에 다녔다. 학교에서 버스 한 정류장 정도 내려오면 남문시장 들머리에 서점들이 있었다. 서점은 내게 꿈의 장소였다. 용돈을 따로 받는 시절이 아니었으므로 읽고 싶은 책을 따로 살 수 있는 기회가 거의 없었다. 하지만 돈이란 '어쩌다가' 생기기도 하는 것이다. 어느 해 추석 날 친구와 대도극장에서 영화를 보기로 했다. 오우! 영화가

'연소자관람불가'였다. 우리는 너무 착한(?) 연소자였다. "우리 책 구경하자." 극장 옆으로, 뒤로가 다 서점골목이다. 이 골목의 서점들을 신명나게 돌아다녔다. 영화 볼 돈으로 나는 『데미안』을, 친구는 『좁은 문』을 샀다. 갖고 싶었던 책이었다. "새는 알을 깨고 나온다. 알은 세계다. ~그 신의 이름은 아프락사스다." 얼마나 멋진 말이던가. 무언지 다 알아듣지 못한 채로 헤세의 문장에, 문체에 열광했다.

'책을 살 수 있구나.'는 새로운 발견이었다. 그 어쩌다가 생긴 돈을 한 푼도 쓰지 않고 모아서 한 권씩 한 권씩 책을 샀다. 앙드레지드 전집이 되었고, 헤르만헷세 전집이 되었다. 책에 매몰되었다. 제롬에, 싱클레어에, 히스클리프에 반했다. 책은 늘 모자랐다. 다행히도 학교에는 도서관이란 보물창고가 있었다. 뉘엿뉘엿 비끼던 해가 까무룩 내려가 버리면 하는 수 없이 터덜터덜 집으로 간다. 어느 때는 제롬과 작별하고, 또 어느 날은 히스클리프와 이별하여 가슴 먹먹하였다. 그런 날은 발목에 어둠을 친친 감은 채 쓸쓸히 걸었다. 그때 그 소녀는 어디론가 가버리고 세월에 부대끼어 무디어지고 늙어버린 내가 오늘 다시 오래된 책방에 와있다.

훌륭했던 옛 서점들이 퇴락한 간판을 걸고 몇 군데에서 겨우 명맥을 이어가고 있다. 그나마 오래오래 그 자리를 지켰으면 좋으련만 사람들의 발길이 뜸해 골목은 적막하다. 종이책이 사라진다는 말이 있지만 동의할 수 없다. 책은, 종이책은 영원하다. 책은 인간의 정신이 낳은 가장 위대한 산물이다. 인공지능이 지배하려는 세상에서 책은 인류가 마지막까지 지켜야할 보물이고 보루다.

보슬비 내리는 창가에 섰다가 불현듯 그 옛날의 서점이 떠올랐고 그리움을 주체할 수 없었다. 내 갈래머리 시절 대도극장, 대한극장이 마주하고 있던 곳, 거기에 있었던 서점들은 나에게 아직도 꿈의 장소이며 추억의 공간으로 멈추어 있다. 그 옛날 빛나던 시절을 뒤로한 채 서점들은 대형서점과 인터넷서점에 밀려 하나둘 씩 없어지고, 좁아지고, 쇠락해갔다. 어쩌다 지나치며 그런 풍경을 바라볼 때면 가슴에 시린 바람이 일었다. '내 놀던 옛 동산에~ 산천의구란 말 옛 시인의 허사로고~'에 버금갈만한 상실감이라면 과장이라 할 것인가.

북 카페를 일별하고 나와서 뒷골목으로 접어든다. 작은 책방들이 한껏 품고도 남은 책들을 유리문 밖 난간에 차곡차곡 쌓아놓았다. 수호지가 다섯 권 차례대로 쌓여있어서 들추어보니 1976년에 간행된 것이다. 종이는 누렇게 바랬고 활자도 내 돋보기가 제대로 읽어낼 수 없을 만큼 작다.

바로 옆 서점에서 두 남자가 바둑을 두고 있다. 딱, 딱, 바둑

알 놓는 소리가 골목 안의 정적을 깬다. "천천히 볼 거니까 그냥 바둑 두세요." 좁은 서점 안을 살폈다. 탐나는 책이 많았다. 염상섭의 『삼대』, 이인직의 『혈의 누』, 토마스 하디의 『테스』 등 다섯 권을 골랐다. 한 권 값이다. 읽었으나 다시 읽고 싶은 것, 소장하고 싶은 것들을 들고 몇 군데 더 돌았다. 오래된 전집들, 문예지들, 학생용 참고서들이 즐비했다.

한 바퀴 휘~ 돌고 다시 북 카페로 돌아온다. 아래층을 살피고, 위층으로 올라가는 계단의 벽면에 빽빽한 책들을 유심히 살핀다. 책들은 묶인 채로 쌓여있고, 시리즈끼리 조르륵 꽂혀있다. 서가에 나란히 꽂힌 책등이 만들어내는 무늬는 꽃보다 더 곱다. 이문구의 『우리 동네』, 이병주의 『타인의 숲』, 트레이시 슈발리에의 『버진 블루』 등 여섯 권을 뽑아들었다. 역시 한 권 값이다. 횡재했다는 기분이 든다. 계산대 옆에 소혜왕후의 『내훈』이 놓여있다. 낡아서 바스라질 것 같다. 함께 넣은 뒤 자리에 앉는다. 책들과 그 책들에 밴 위대한 정신이 있는 곳에서 한참을 쉬었다 가고 싶다.

커피는 실내에 가득한 향으로만 즐기기로 하고 고구마라테를 시킨다. 달고 시원하다. 서점을 나선다. 보슬비 여전한데 우산 펴들 팔이 없다. 비닐봉지가 양팔에서 묵직하다.

(2017.)

어느 멋진 날

택배기사를 만났다. 추석을 며칠 앞 둔 어느 날 퇴근길이었다. 승강기에 들어섰을 때 그는 커다란 박스 세 개를 포개어 안고 벽에 비스듬히 기댄 채 서 있었다. 숨을 몰아쉬고 있었는데 그 들숨과 날숨이 교차하는 소리가 하도 커서 어떤 둥글고 기다란 관에 거센 바람이 들이차고 또 내몰리는 것 같았다. 어깨에 얹어온 내 하루치의 피로가 무색해지는 순간이다. 나는 뒤쪽 벽 앞에 서서 들숨날숨에 따라 오르내리는 그의 등을 보고 있었다. 얼굴을 볼 수는 없었지만 40대 중반쯤으로 짐작되었다.

어느 수필가가 승강기를 '골목길'이라고 표현했다. 아래위로 긴 골목, 맞는 말이다. 그는 15층을 눌러놓고 있었고, 나는 12층에서 내렸다. 그의 골목길은 좀 더 남았다. 집에서 기다리는 이른바 '가사'라는 일을 하는 동안 그는 다른 골목길들을 몇 차례 더 걸을 터였다.

명절이나 연말이 되면 텔레비전이 컨베이어벨트 위를 줄지어 이동하는 상자들을 보여주곤 한다. 너무 자주 보아서 아무란 감응 없이 그저 멀거니 바라보는 장면이다. 며칠 전에도 마치 자료화면 같은 기사를 내보냈다. 택배가 물류의 중심축이 되었다고 방송은 말했다. 택배기사들의 분투기를 전하면서 기사인력문제를 거론하였고 처우개선이 필요하다고 전에도 여러 번 들었던 것 같은 말을 했다. "딸을 생각하면서 힘든 시간을 견뎌낸다."는 젊은 아빠의 인터뷰도 함께 내보냈다.

관계부처나 전문가들이 내부적으로 개선책을 위해 부단히 노력하고 있을 것이라 생각한다. 그럼에도 불구하고 그 효과가 가시적으로 나타나지 않는 것인지도 모르겠다. 보는 이들은 그저 다른 부조리들과 마찬가지로 하나의 사회적 현상으로 인식하고는 그만일 따름이다. 달리 어쩌겠는가.

살아가노라면 특별히 길고 힘든 날이 있다. 그날이 내게도 그런 날이었다. 일을 마치고 택시를 탔다. 창밖을 내다보고 있었다. 신천의 물은 불빛에 흔들리다가 바닥을 내보이다가 하였다. 보의 물은 넘실거리고 보 아래는 바닥의 돌들과 풀숲 사이로 물이 낮게 흐르고 있었다. "휴우~ 이거 영락없는 인력거꾼이지요." 깜짝 놀랐다. 언젠가 비슷한 말을 들은 적이 있어서 그 사람인가하고 앞을 살폈지만 알 수 없었다. 그때의 운전기사도 그런 말을 했다. "이건 옛날로 치면 마부입니다." 자기비하가 심하다고 생각했다.

인력거든 말이든 그 시대의 이동수단이고 인력거꾼이나 마부는 거기에 종사하는 사람일 뿐이다. 스스로를 비하해서는 안 되는 것이다. 그때 자신을 마부라며 한숨을 내뱉던 운전기사에게 "토요토미 히데요시도 마부였어요." 정말 순식간에 어처구니없는 대답이 나왔다. 금방 후회했다. 그 기분 나쁜 이름을 입에 담은 것도 그렇거니와 당신도 그 일본인처럼 출세할 수 있다고 말한 것 같아서 많이 부끄러웠다. 하여 인력거꾼이라고 자칭하는 기사에게는 할 말을 찾지 못해서 날씨 얘기를 했다.

세로로 곧게 뻗은 골목길에서 젊은 택배기사를 만났다고, 그의 호흡이 내게 아팠다고 값싼 연민을 늘어놓는 게 아니다. 운전기사의 자조와 나의 피로가 택배기사의 거친 숨에 얹혀서 함께 소리를 내는 것 같았을 뿐이다.

세상의 곳곳에서, 지상의 모든 길 위에서 수많은 사람들이 결코 만만치 않은 노역을 하며 살아가고 있다. 택배기사의 그 된 호흡소리가 한동안 귀에 남아있을 것 같다. 그것은 그 혼자만의 숨소리가 아니라 한생을 살아내는 모든 사람들의 숨소리란 생각이 든다. 그와 함께 내가, 더불어 우리 모두가 길고 긴 숨을 들이쉬고 내뱉으며 살아가고 있는 세상이다. 스스로는 물론이고 아무도 미워할 수 없으며, 미워해서도 안 되는 것이다.

라디오를 켜니 마침 바리톤 김동규씨의 '10월의 어느 멋진 날에'가 흐르고 있었다. 그렇다. 고단한 하루를 보내고 또 보내노라면 마침내 드높은 창공이 열리려니, 그것으로 되었다. 매일, 매일이 멋진 날인 게다.

(2017.)

가슴 아리다

'수성구청 위생차량'이 지나간다. 둥글고 긴 몸에 굵은 플라스틱 파이프를 감고 신호를 기다리고 있다가 무거운 몸이 무색하게 빠른 속도로 사라진다. 혀를 황홀하게 했고 포만감을 주었으며 배설의 카타르시스를 선사했던 것들의 잔해를 구태여 생각하고 싶지는 않다. 하여 그 뭉툭하고 남루한 차의 종착지 또한 알고 싶지가 않다. 그냥 그 커다란 차가 불쌍하다.

LPG 가스를 실은 트럭이 들어온다. 젊은 남자가 트럭에서 가스통을 번쩍 들어 내리더니 빙글빙글 돌려서 목표점에 도달한다. 민첩하고 역동적이다. 작은 전기난로 한 개, 가스난로 한 개가 실내를 덥혀준다. 가스가 떨어지면 급하게 주문한다. '급하게'를 하지 않으려고 보관용을 두었는데 어느 날 밤 누가 가스통 두 개를 다 가져가버렸다. 도둑을 찾지 않았다. 그러면 안 되는 것인데 나는 낯모르는 도둑이 몹시 불쌍했다.

머리카락이 부스스한 여인이 와서 말한다. 남편이 어제 친구들을 만나서 밤새 술을 '퍼마시고' 새벽에 '떡이 되어' 들어왔다고 툴툴거리며 술 깨는 약을 달라고 한다. 그런 게 따로 있으랴만 이른바 음주전후에 복용하는 자양강장제류 두어 가지를 내어준다. 헐렁한 티셔츠에 엉덩이 부위가 축 처진 바지를 입고 바쁠 것 없이 걸어가는 여인의 헐거운 뒷모습을 무심히 바라본다. 그 여인이 집으로 돌아가서 널브러져 있는 남편 앞에 약봉지를 툭 던질지, 애써 친절을 베풀지 모르지만 왠지 두 사람이 다 측은하다.

어제 주문한 약들이 도착한다. 거래명세서 목록과 비교하면서 하나하나 제자리에 넣는다. 약들은 처방에 따라 보통 서너 개 또는 대여섯 개씩 분포되어서 누군가가 복용하게 된다. 위장에서, 장에서 약은 용해되고 흡수되어서 치유라는 결과를 가져온다. 약은 필요조건을 대체로 충족시킨다. 하지만 충분조건을 충족시키지는 못한다. 작용 옆에는 거의 대부분 부작용(side effect)이 자리한다. 부작용을 감수하고 작용을 선택할 수밖에 없는 것이 약이다. 1회 복용에 담기는 약이 많을수록 마음이 불편하다. 생·노·병·사 중에 나는 '병'이 가장 애처롭다.

88세 할머니와 82세 할머니가 앞뒤로 들어오셔서 대화를 나

눈다. "거는 안즉 청춘 아이가." 88세 할머니의 말에 "나가 팔십이 넘었는데 뭔 말인교." 82세 할머니가 정색을 한다. 말이 끊어지고 초점이 분명치 않은 시선은 각기 다른 곳으로 보내진다. 82세 할머니가 다시 말을 건넨다. "작년 가실에 영감 가뿌렀니더." "및 살인데?" "팔십 여섯" "엔간이 살았네. 지 밍命 놔뚜고는 안 죽는다. 다 지 밍 대로 살다 죽는 기라." 무심한 말을 툭 던지고는 88세 할머니가 먼저 나가신다. 뇌기능개선제(치매예방약)가 든 작은 가방을 흔들며 가신다. 걸음도 흔들린다. 얼마 전까지 동네 공원에서 배드민턴을 치시던 분이다. 82세 할머니는 파킨슨병 초기 환자다. 떨리는 손으로 더듬더듬 가방을 간추리더니 지팡이를 짚으며 어렵게 발걸음을 떼신다. 자신의 이름이 뭔지도 잊은 채 치열하게 살아온 이 땅의 어머니들이다. 애련하다.

우편함에서 책들을 가져온다. 매일 책들이 오는데 다 읽지를 못한다. 책을 보내준 고마움 때문에 되도록 많이 읽으려한다. 문예지를 펼쳐서 목차를 읽고 시선이 가는 몇 작품을 읽는다. 하지만 일이 자꾸 나를 일으켜 세워서 그때마다 문장이 끊어진다. 글맛이 달아난다. 일과 일 사이에 책을 읽거나 글을 쓴다. 머리도 가슴도 눈도 전 같지가 않아서 읽거나 쓰는 일이 많이 더뎌졌다. 읽고 쓰는 일과 가슴과 머리 사이의 거리가 조금씩 밀어진다. 그런 것이 내게 나이 듦의 서글픔과 일종의 좌절을 가져다준다. 그런 나를 나는 긍휼히 여긴다.

  냉장고 위에 놓인 텔레비전에서 초미세먼지 특보를 방영한다. 화면 아래에는 '북미회담진전'이라는 자막이 지나간다. 도로를 빠르게 지나간 위생차량과 어쩌면 한 판 부부싸움을 불사할 것 같던 여인과 LPG가스를 가지고 온 청년, 여든이 넘은 할머니들이 세상을 채우고 세계를 이룬다. 세상을 채우고 세계를 이루는 남루하거나 작고 약한 존재들, 그 하나하나는 그러나 각각의 자리에서 안간힘으로 버티며 역사를 쓴다. 그 모든 유형무형의 존재들과 현상들이 가슴 아리다.

(2019.)

포항 가는 길

창밖 세상은 고요하다. 키 큰 나무들이 긴 팔을 흔들고 잎사귀들은 까무러치도록 나부낀다. 그런데도 소리가 없다. 자동차들은 앞서거니 뒤서거니 갈 길이 바쁘다.

세상사가 그렇다. 밖에서는 안에서 나는 온갖 소리들을 알아듣지 못하고 안에서는 바깥의 소란스러움을 모른다. 서로 알아듣지 못함이 서운할 수도 있겠으나 한편으로는 그 알아듣지 못함이 그나마 힘든 세상살이를 견디게 해 줄지도 모른다는 생각을 한다. 일어나는 모든 일들에 대한 사회적 부채감이 없지는 않지만, 나의 오만가지 고뇌에 너의 무거움을 다 보태면 버거워서 무너질지도 모른다. 국도를 달리면서 그런 상념에 젖어 있는데 빈 들판이 눈에 꽉 찬다.

추수가 끝난 들판은 비어서 참으로 배부르다. 볏짚까지 거둬들인 논바닥은 모직 양복지처럼 줄무늬도 선명하게 누워있다. 대지는 어머니다. 대지는 모든 생명 있는 것들과 무생물들까지를 능히 품을 만큼 그 품이 넓고 넉넉하다. 늦가을 들판은 봄부터 내내 자식을 끌어안고 키우다가 가을이 되면 다 내어주고 텅 비어있는 늙으신 어머니 같다.

군데군데 볏짚은 원통형으로 뭉쳐져서 서 있거나 누워있다. 볏짚을 뭉쳐서 발효제를 넣고 비닐로 감아놓으면 소의 먹이가 된다고 한다. 편리해진 세상이다. 타작이 끝난 볏짚은 겨우내 땔감으로 쓰거나 새끼를 꼬기도 하고 가마니를 짜기도 했다. 이엉을 엮어서 거무죽죽하게 삭아버린 초가지붕을 걷어내고 새 옷을 입히기도 하였다.

비닐을 입힌 볏짚뭉치를 보노라니 오래 전에 이 땅의 어머니들이 비녀를 빼고 처음으로 파머리를 했을 때의 그 낯설음이 잠시 지나간다. 세상은 급변한다. 농사가 기계화 되는 건 당연하다. 일손은 늘 모자라고 농부들은 점점 늙어간다. 마냥 그대로이면 정말 안 되는 일이다. 그럼에도, 모든 게 번개보다 빠른 디지털시대에도, 아날로그는 늘 그립다. 저물녘이면 쇠죽 냄새 가득 번지던 유년의 그 집이 그립다.

건천에서 4번 국도를 버리고 7번 국도로 들어선다. 만산홍엽이다. '만산홍엽'을 처음 쓴 이는 누구일까. 늦은 가을, 꽉 찬 가을의 산을 네 글자로 온전히 압축시킨 그는 대체 누구일까. 글을 쓴 세월이 짧지 않건만 이보다 더 좋은 표현을 찾지 못했다. 하여 이 표현을 빌려 쓸 때면 미안한 마음이 된다. 한 자어를 되도록 쓰지 않아야하는 무슨 불문율 같은 게 있어서 자주 쓰지는 않지만 봄의 그 '만화방창'처럼 이것도 도무지 대체할만한 표현을 알아내지 못하겠다.

단풍으로 붉게 물든 겹겹의 산을 바라보니 경이롭다. 그 아름다움에 외경을 느낀다. 과연 자연이 베풀어준 성찬이라 하겠다. 비바람에 젖고 흔들리면서 성장하고, 내리쬐는 햇볕 속에서 한껏 푸르렀다가 가을이면 곱게 물드는 대자연의 신비, 그 깊이를 가늠할 길이 없다. 마침내는 다 떨구어내어서 대지로 고스란히 돌려준다. 대지로 돌아가는 그 마지막 길목에서 나무는 가장 아름다운 모습이 된다.

인간도 자연의 일부일진대 우리는 과연 그런 모습이 될 수 있을까. 추하게 늙지 말아야지, 다 놓아버리고 겸허히 빈손으로 가야지를 생각해보지 않은 사람은 없을 터이다. 하지만 욕심을 부여잡고 놓지 못하는 한 결코 늦가을 들판의 그 비워내서 가득 차 있음과 배부름을 알지 못한다. 신산한 세월을 견뎌내고, 황량한 사막 같은 삶을 버텨낸 후에야 만추의 산처럼 속속들이 고운 빛깔로 물들 수 있음을 알 것도 같다. 오, 그런 사람이 되는 길은 그러나 멀고도 멀지니 하릴없다.

포항으로 가는 길, 국도를 달렸다. 조수석에 앉아서 빈 들판을 바라보고, 가을 산을 감상하였다. 나무들은 여전히 흔들리고 있지만 소리가 없고 내다보이는 풍경은 평화롭다. 시내로 들어선다. 사람들과 건물들, 자동차들이 많다. 세상은 여전히 간단치 않고, 목하 쉽지 않은 일들에 직면해 있다. 기꺼이 그 세상 속으로 들어간다.

(2017.)

낯선 곳, 익명의 시간

오후 세 시 반 지하철 안이다. 내 옆자리에 앉은, 몸집이 커서 일인용의 공간을 채우고도 의도치 않게 나를 압박하는 한 남자와 맞은편의 두 남자가 말을 주고받는다. 목소리가 높지는 않지만 들리니 듣지 않을 수가 없다. 그들이 공적인 공간에서 말했으므로 나도 거리낌 없이 공개하자면 대개 이렇다. 그들은 숲 생태해설가들이고, 그들을 교육시켜서 현장에 파견하는 관계기관 내지 수료기관이 있다. 모든 과정을 다 거쳤음에도 숲을 해설하는 현장에 파견되지를 못했다. 그게 줄이 있어야하는 것이다. 뭐 그런 내용이다. 이 내용이 이 글의 명제는 아니나 이른바 '줄'이라는 것에 내 생각이 얼마간 붙들려 있었다.

보통은 줄에 반감을 넘어 혐오감까지 갖고 있다. 하지만 막상 그 줄이 내가 잡아야할 줄이고 내게 요행히 기회가 온다면

서슴지 않고 그 줄을 잡을 사람들이 적지는 않을 터이다. 그런 사람들 중에 분명 나도 포함되어 있다고 말하지 않을 수가 없다. 살아오면서 어려움을 해결하고 싶었을 때 어디 내가 잡을 수 있는 끈이 없나 모색했던 기억이 생생히 남아있기 때문이다. 줄은 공평치가 않아서 일부를 환호케 하고 대다수를 분노케 한다. 하늘에서 내려오는 동아줄은 착한 사람들이 잡게 되지만 세상에 거미줄처럼 쳐진 줄은 학연, 혈연, 지연이 닿는 사람들이나 좀 약삭빠른 사람들이 잡는다.

그 세 사람의 숲 생태해설가 혹은 예비해설가들이 줄이 아닌 관계기관의 정확한 행정으로 숲에 파견되어 숲을 사랑하는 모든 사람들에게 숲의 생태, 그 소중함을 즐거운 마음으로 해설할 수 있기를 바라며 그들의 말을 듣는다.

세 남자들이 내리고 두 청년이 탔는데 한 사람은 외국인이다. 빈자리가 있어도 앉지 않고 선 채로 대화삼매경이다. 영어 특유의 빠른 말투로 주거니 받거니 한다. 몇 개의 아는 단어가 나오고 알아들을 것 같은 문장도 왔다 갔다 한다. 두 젊은이들의 난해한 대화를 해독하고 있는 사이 종착역이 가깝다. 앞에 앉은 여자가 입을 헤~ 벌리고 잠을 잔다. 깨워야하나 말아야하나 망설이는 사이 나는 내려야 한다. 그 여자의 목적지가 종착역이기를 바라며 지하철을 내려선다.

어리둥절해하며 멈칫멈칫 탄 지하철에서 내리니 눈부신 세상이 보인다. 일행을 기다리며 솔숲을 바라보고, 아파트 숲도 바라본다. 아직은 겨울 차림인 미루나무에 새가 날아들고 또 날아가는 정경을 쳐다본다. 세상은 이대로 좋다. 여기 지금 이 시간이 좋다. 아무도 오지 않아도 그만이다. 한참을 넋 놓고 서 있다 해가 빠지면 돌아가도 좋다. 나는 일에서 놓여났고, 여기서 이방인처럼 홀가분하게 서 있다. 지하철을 타고 도시 끄트머리로 왔는데 딴 세상 같다. 풍경이 달라서가 아니라 내가 달라서이다. 여기서 나는 익명의 인간이고 아무 것도 안 해도 되는 한가한 사람이다. 외롭지 않고 풍요하다.

때때로 나는 익명의 인간이 되고 싶다. 진정 그러고 싶다. 내가 누군지 모르는 동네에 가서 행동에 구애됨이 없이 살아보고 싶다. 책임감이나 도덕성에 대한 거리낌이 없는 행위를 하려는 건 아니다. 그런 욕심은 없다. 사실 내가 익명 운운 하는 것 자체가 우스꽝스러운 일이다. 내 이름이나 내 행위가 세상에 끼칠 영향을 걱정할 필요가 없는 그저 소시민이다. 물론 일개 소시민이라 하여 사회적 책임이 없는 것은 아니겠지만, 다만 방금 어깨에서 가방을 풀어 툇마루에 던져놓은 학동처럼 가볍다는 것이다. 이제 숙제 따위는 깡그리 잊어버리고 골목 길로 뛰어나가면 된다. 그렇다고 내가 내내 일터를 족쇄라고 생각하지는 않는다. 오히려 내 일을 기꺼워한다. 하지만 토요일 오후 내게 주워진 이 금싸라기 같은 시간은 마른 목을 적셔주는 한 바가지 샘물이며 지친 발바닥을 식혀주는 맑은 계곡물이다. 무엇보다 낯선 곳에서 홀로 보내는 이 짧은 시간이 내겐 참말로 꿀맛이다.

곧 지인들을 만날 터이고 그들과 봄날의 한때를 보낸 후에 일터로 돌아가서 명찰을 달고 또 일을 할 것이다. 그때까지 나는 익명의 인간이다. 더할 나위 없다.

(2016.)

넘어지다

아스팔트에 닿는다싶은 순간 얼굴을 치켜들었다. 하늘이 보였고 가로수 플라타너스의 우거진 잎사귀들이 눈에 들어왔다. 그야말로 찰나였다. 아, 이게 뭐야? 이해되지 않고 이해할 수도 없었다.

사람들이 모였다. 누군가 나를 잡아 일으켰으나 나는 그에게 반응할 수 없었다. 그제야 횡단보도의 굵은 가로줄무늬가 보였다. 두어 사람에 의해 횡단보도에서 떨어져 나왔다. 나는 인도로 인도引導되어서 낯모르는 아주머니들의 염려어린 시선과 위로의 말을 들었다. 내 꼴이 어떤지, 얼마나 다쳤는지 생각할 수 없었고 창피한 줄도 몰랐다.

원피스를 샀다. 싼 맛에 샀고 편히 입으려 했다. 출근시간에 승강기에서 만난 얼굴만 아는 정도인 이웃 여인이 "옷이 너무커요. 줄여야겠어요." 라고 말을 걸었다. "그래요? 그래야겠네요."로 웃음을 나눴다. 나는 귀가 가벼웠고 동작도 빨랐다. 일을 시작하기 30분 전이다. 옷수선 집에 다녀오기에 충분한 시간이다. 길 건너 현대시장에 있는 옷수선 가게를 다녀오면 된다. 그럴 요량이었다. 횡단보도가 있는 곳까지 뛰었다. 반대편 신호등에 초록 사람이 점멸하고 있었다. 뛰기에 속도를 붙였다.

인도에서 차도로 내려가는 턱에서 아뿔싸! 허방을 짚었다. 뛰던 속도를 감당치 못하고 몇 걸음 크게 꺼꾸러지다가 쭉 미끄러지며 무너졌다. 몸은 자신을 지키기 위해 최선을 다했을 터, 왼쪽어깨를 안으로 접어서 왼팔로 몸을 막으며 완벽한 자세(?)로 엎어졌다. 무엇보다 중요한 건 최후의 방어선이나 다름없는 얼굴을 구했다는 것이다. 칭찬 받아 마땅할 반사 신경이 아닌가. 물론 일이 일어난 후에 유추한 정황이다.

다쳤다. 그날은 두 손과 두 무릎의 찰과상을 치료했다. 끙끙 앓으며 하룻밤을 보냈고 등과 바닥이 온통 가지색(이럴 땐 '까지색'으로 써야 느낌이 오는데~)으로 피멍이 든 왼손과, 퉁퉁 부어오른 오른손을 보아야했다. 왼쪽 새끼손가락과 갈비뼈 하나에 금이 갔다. 두어 달 침대에 눕고 일어날 때 도움을 받아야했다. 혼자서는 돌아눕지도 못했다.

흔히들 넘어지면 넘어진 자리에서 일어나야한다는 말을 한다. 이 말은 분명 그 이상의 의미를 내포하고 있지만 실제로 넘어져보니 그 자리에서 일어날 수밖에 없는 것이었다. 넘어진 순간 당황스럽고 창피하다. 반사적으로 일어나서 괜찮은 척 툴툴 털며 가던 길을 가야 그나마 낭패감을 줄일 수 있다.

고백하건대 나는 바로 일어나지 않았다. 번쩍 정신이 들지도 않았다. 넘어진 자리에서 내가 본 건 드높은 하늘과 금싸라기 같은 햇살과 바람에 흔들리는 무성한 나뭇잎들이었다. 맑고 눈부신 아침이었다. 누군가가 달려와서 안아 일으켜줄 때까지 그대로 엎어져 있었다. 횡단보도 정지선에서 자동차들도 내가 얼른 일어나기를 기다렸을 터이다.

물리적으로 넘어져서 물리적으로 다쳤다. 몸을 감쌌던 옷은 피 얼룩이 지고 찢어져서 버렸고, 시간이 가면서 상처는 나았다. 어깨의 통증은 이태가 지난 지금도 일상의 두통처럼 남아있지만 뭐 그 정도는 감수해야지. 진부한 말로 내 불찰이니까.

문제는 이 사고(?)가 나를 자꾸 돌아보게 해서 새삼스레 많이 아프다는 것이다. 어깨보다 지나온 세월 넘어진 자리에 대한 기억이 만들어내는 통증이 더 깊게, 더 예리하게 쑤신다. 넘어지면서 살았다. 넘어진 자리에 대한 애착 때문에 오래 일어나지 않았을 때도 있었다. 혹은 넘어졌다는 자의식 때문에 좌절도 했다. 그러다가 어찌어찌 일어나긴 했는데 도무지 통증이 가라앉지 않는다. (이런, 몹쓸! 관념이 문장을 덮어버렸네.)

아무려나 넘어진 자리에서 얻은 상처는 회복되었고 거기에 연관되었던 껍데기는 미련 없이 버렸다. 상황 끝! 그럴 수 있으면 좋겠는데, 정녕 좋겠는데, 온갖 크고 작은 상처들이 나를 빤히 들여다본다. 넘어지면서 살았는데, 길고 깊게 넘어졌었는데 잊어버린 척할 수가 없다. 어떡하지? 물음은 있고 대답은 없다. 아, 나는 조르바처럼 춤을 추고 싶다. 창문을 열고 눅눅한 이불을 털고 싶다. 영혼을 빨아서 햇볕 쨍쨍한 날 빨랫줄에 널고 싶다.

(2019.)

| 4부 |

집으로 간다

밤이면 식구들이 모이는 집,
웃으면서 돌아오고, 죽을 만큼 지쳐서도 돌아오며,
상처받고 울면서도 돌아오는 집,
우리 모두 한 마리 새가 되어
날개를 쉬는 둥지,
그게 집이다.

우리 잘 늙고 있다

밀면 먹으러 간다. 시원하다, 맛이 괜찮다, 로 의견일치를
본 점심메뉴다. 골목을 걷기 시작하자마자 그와 나 사이에
10m쯤의 간격이 벌어진다. 워낙 키 차이가 난다. 그의 뒷모습
을 바라보고 가는 마음이 편안하다. 젊었을 땐 서로 보폭을
맞추어서 걷고, 자주 손을 잡고 걸었다. 그때 오늘처럼 그가
앞서 걸었다면 아마 다투었을 것이다. 그는 대체로 자상하며
나를 잘 살피는 사람이었다.

우린 늙어가고 있다. 문득 그 생각이 드는 것이다. 그는 예
사롭게 혼자 걸어가고 나는 또 그런 그가 전혀 고깝지가 않다.
잠깐 돌아보고 섰다가 그가 식당으로 들어간다. 자연스럽다.
우리 이렇게 편하게 늙어가고 있다. 물론 지금보다 더 늙어서
그와 나 둘 중 하나가, 아니면 둘 다 걸음걸이가 불안하거나
아주 불편해지면 다시 젊었을 때처럼 손을 꼭 잡고 걷게 될

터이다. 늙은 아내, 늙은 남편은 서로에게 진득한 연민을 갖게 되기 때문이다. 서로를 지켜야 한다는 마음이 나이가 들수록 커지는 것 같다. 이 손을 영 놓게 되면 어쩌나하는 불안함 때문이 아닐까.

젊은 날 손을 잡고 걸었던 것은 서로 사랑하는 마음이 열정에 가까웠던 까닭이다. 지금은 그저 덤덤하다. 감정의 자잘한 구석까지 들추다보면 한때의 사랑은 아스라이 사라져버렸고 미운 마음이 더께로 앉아있을 것이다. 아~ 내 사랑아, 어디를 갔느냐? 허망하고 또 허망할지도 모르겠다.

우리가 살았던 세월이 사랑이었든 미움이었든 이제 그런 게 상관이 없다. 이런 마음의 상태가 나는 편안하다. 사랑이 더 컸으면 어떻고 미움이 더 컸으면 또 어떠랴. 따지거나 저울질 할 필요가 없다. 그와 나는 여기까지 함께 왔다. 작은 일 큰 일 참 많았지만 그런대로 서른 해 남짓 잘 넘어왔다.

밀면이 나오길 기다리며 텔레비전을 본다. LA다저스와 뉴욕양키즈의 야구경기를 중계하고 있다. 먼 나라의 경기를 류현진이라는 투수 때문에 중계하고 사람들은 밀면을 먹으면서도 공 하나하나에 신경을 쓴다. 밀면 한 그릇을 다 먹을 동안 말 한 마디 하지 않아도 불편하지가 않다. 아니 한 마디는 했네. "오늘은 투수가 류현진이 아니네. 8회 초인데 0대0이야."

남편이 말했고 나는 대답하지 않았다. 대답이 없어도 그뿐이다.

다시 골목길을 걸어서 일터로 돌아온다. 그가 계산을 하고 자판기커피를 뽑는 동안 나는 걷기 시작한다. 거의 다 와서 문득 돌아보니 바로 뒤에 그가 와 있다. 거기 있겠거니, 그러는 것이겠거니, 만사가 그렇다.

'만사가 그렇다'란 그저 무덤덤하거나 지나치게 건조하다는 의미는 아니다. 우리가 함께 있다는, 거의 완전한 신뢰의 상태라고 해야 맞다. 이대로가 좋다. 더 이루지 않아도 된다. 부자는 아니지만 배가 고프지도 않다. 둘 다 나이에 걸맞게 성인병 두어 가지를 지니고 산다. 때가 되면 병원에 가고 처방된 약을 시간에 맞춰 착실하게 먹는다. 병이 없으면 더 좋겠지만 있어도 어쩔 수 없는 일이다. 마음도 몸도 세월 따라 흐르는 것 아니던가.

이리 말하고 보니 마치 만사에 달관한 것 같은 민망한 느낌이 없지 않다. 결코 그런 게 아니다. 무언가를 잔뜩 벼르고, 좀 더 이루고자 했고, 두 손 가득 움켜쥐고자 했던 지난날을 겪었기 때문에 얻은 여유이고, 이제는 애써보았자 어찌할 수 있는 일이 아니란 걸 깨달았기에 체념했을 뿐이다.

남은 날들을 평화로이 사는 것이 소망이다. 더하여 너그러운 어른이 되는 것이 간절한 바람이다. 이 두 가지야말로 우리 깜냥을 훨씬 넘어서는 욕심이란 걸 안다. 그래도 그리 되려고 마음은 먹는다. 우선은 오늘을 잘 보내야지, 그런 마음으로 나는 그를 바라본다. 그의 마음도 그러리라 믿는다.

바로 뒤에 와 있는 그의 손을 내가 먼저 잡아본다. 부드럽진 않지만 따뜻하다. 우리 잘 늙고 있는 게다.

(2014.)

만추, 나무들
-11월, 또는 그 이미지

플라타너스

이 불쌍한 도회지의 나무를 어찌하랴. 온종일 내 눈 앞에 버티고 서있다. 나중에 나 없는 세상에서 나무는 누구의 것이 될지 모르겠지만 지금은 오직 내 나무이다. 물론 그것이 길에 서 있고 맡은 바는 가로수이므로 만인의 것이겠으나 나는 그저 그것을 내 나무로 여긴 지 오래 되었다.

그러니 그것의 숨소리, 몸짓 그러니까 잎눈이 트고 가녀린 잎이 돋아나서 시퍼렇게 우거지고 조락을 맞이하며 마침내 맨 몸으로 당당하게 서는 날들을 하나도 놓치지 않고 다 보고 있다. 11월, 하늘이 한참 멀어져있는 날 나무는 한 편의 시가 된다. 바람이 지나갈 때마다 헐거워진 나뭇가지에서 휘리릭~마른 잎사귀가 떨어진다. 그때마다 김광균의 시구가 되살아나곤

한다. '낙엽은 폴란드 망명정부의 지폐' 언젠가 다른 글에서 나는 이 구절을 써먹었는데 또 쓸 수밖에 없다. 며칠 전에도 누가 나에게 "가을의 기도가 절실한 계절입니다."라고 문자를 보냈기에 "김광균 시인의 시구가 생각납니다."라고 나는 좀 엉뚱한 답을 보냈다. 그는 김현승 시인을 생각했겠으나 나는 그 망명정부의 지폐를 떠올렸다.

여름 내내 시퍼렇게 우거졌다가 시나브로 물들고 오그라들어서 포도 위를 마구 굴러다닌다. 무심히 달리는 자동차 바퀴에 깔리고 찢어져서 아무짝에도 쓸모없는 지폐나 다름없는 신세가 되어버리는 것이다. 미화원들의 도무지 끝나지 않는 일거리가 되고, 호흡기에 알레르기나 일으키는 그야말로 골칫거리로 전락하고야 만다.

그럼에도 불구하고 내 사랑은 한결같다. 눈만 들면 보이는 나무, 플라타너스에 마음을 주다가 정이 깊어진 까닭이다. 떨어지고 자꾸만 떨어져서 헐렁해진 가지에 황갈색으로 쪼그라든 채 매달려있는 잎사귀들의 가련한 숨소리를 듣는다.

은행나무

팔공산 가는 길, 백안삼거리 어름에는 은행나무 가로수들이 주~욱 늘어서 있다. 11월이면 꼭 그 길을 걷고 싶어진다. 은행 잎들이 정말이지 기막힌 노란색으로 깔려있다. 사람들이 하나 둘 내려서 은행잎을 줍거나 사진을 찍는다. 감색 바바리코트에 얼룩말무늬 머플러를 두르고 어깨에 가방을 멘 나도 그 노란 길 위에 서서 사진을 찍었다. 내 뒤로 노란은행잎들이 두텁게 깔린 기다란 길이 펼쳐져 있다. 덕분에 나는 그럴듯한 멋쟁이가 되었다.

은행나무 가로수들을 뒤로하고 자동차로 한참 달리면 위풍당당 서 있는 노거수를 만난다. 오백 년 수령의 은행나무이다. 임고서원 앞에 그 나무가 온갖 풍상을 견뎌내며 아름드리로 서있다. 잎사귀들이 온통 샛노래져서 더할 나위 없는 금빛으로 쏟아질 때 그 나무를 우러러보면 숭고미의 극치를 느낀다. 그 나무를 처음 보았을 때가 2009년 11월 14일이었다. 나무를 이리 찍고 저리 찍었는데 사진의 하단에 그렇게 날짜가 박여있다.

우듬지에 까치집이 얹혀있었다. 그 집은 매우 듬직하고 안정감이 있어 저택으로 느껴졌다. 어느 건강한 까치부부가 예쁜 새끼들을 몇 차례는 길러냈음직한 전통 있는 가옥의 품격을 지니고 있었다. 송구스럽게도 포은선생께는 짧은 인사만 올리고 은행나무에 마음을 쏟았다. 컴퓨터에 은행나무사진을 저장해놓았다. 단풍이 드는 줄도, 낙엽이 지는 줄도 모르고 지내다가 문득 열어보고는 그 아름다움에 넋을 빼앗기는 것도 11월이다. 내 동생은 11월이면 너무 쓸쓸해져서 싫다고 하는데 서울에 사느라 그 은행나무를 만나지 못해서인 게다. 만추의 햇살 아래 황금빛 잎사귀들이 나뭇가지에서 조금씩 흔들리거나 둥치아래 수북이 쌓여서 아름다움이 무엇인가를, 어떻게 살아야 그런 날들을 맞이할 수 있는지를 가르쳐 주는 이 나무를 어찌 사랑하지 않을 수 있으랴.

굴밤나무

11월이면 어머니를 뵈러 간다. 오솔길을 한참 걸어 올라가야 한다. 졸참나무 굴참나무 상수리나무 그러니까 굴밤나무들이 우거진 숲길이다. 황갈색, 다갈색, 온갖 갈색의 낙엽이 푹신하게 깔려있다. 천천히 걸으면 발밑에서 뿌지직~ 도토리 으깨지는 소리가 난다. 나는 가던 길을 멈추고 구부려서 깨어진

도토리의 잔해를 살핀다. 그러다보면 여기저기 도토리들이 보인다. 예쁜 것만 몇 개 골라서 주머니에 넣는다. 그러다가 불현듯 끄집어내어서 낙엽더미 위에 휘익 던진다.

　도토리는 거기 있어야 한다. 거기서 다람쥐의 밥이 되거나 그 모태인 낙엽들을 뒤집어쓰고 함께 부식되어야 한다. 미물이든 사람이든 한살이는 그렇게 마치는 것이다. 꽉 차 있던 속을 비우고 또 비워서 껍데기로 남았다가 마침내 흙이 되는 생애, 당연하지 않은가. 굴밤나무 숲길이 끝나는 곳에 이르면 어머니, 거기 잠들어 계신다. 11월 1일에서 8일 사이 일 년에 꼭 한 번 거기서 도토리처럼 자연이 된 내 어머니를 만난다.

(2015.)

집으로 간다

또 하루가 저물고 있다. 건너편 건물 지붕 너머로 해가 천천히 내려가고 있다. 바람이 분다. 바람에 나뭇가지들이 설렁설렁 흔들린다.

하루가 저물고 있다고 썼다. 그 앞에 쓴 '또'가 권태롭게 느껴질 수도 있지만 그건 아무 일도 일어나지 않았다는 지극히 다행스럽다는 말이 된다. 어떤 불온한 낌새도 감지되고 있지 않다는 게다. 일을 하고, 사이사이에 책을 읽고, 전화하고 받고, 메일 보내고, 글감 메모하고, 그런 하루가 저물고 있다는 것이다. 하루가 평온하게 저물고 있고, 그게 감사하다는 말이다.

사람들의 발길이 뜸하다. 왼쪽에 놓인 조그만 라디오에서는 가야금이 연주되고 있고, 오른쪽 천장높이에 있는 23인치 텔레비전에서는 한국 대 중국 여자축구가 중계되고 있다. 편안한 일상이다. 아니 일상의 편안함이 나와 함께 머물고 있다. 하루의 피로가 무게로 얹히는 오후 여섯 시다. 피로의 무게가 현실감을 더해준다. 하루 분량의 일을 했고, 내 몸은 그만큼의 대답을 한 것이다. 밥벌이, 그게 현실이고 무게다. 은혜로운 무게다.

무엇이 남았나. 아직 일터에 좀 더 있어야한다. 그 있어야하는 시간까지 문자판을 두드릴 생각이다. 나를 찾는 이들의 발길이 끊어졌을 때 내가 시간을 보내는 방법이다. 나쁘지 않다. 아무 것도 나를 압박하지 않는다. 국악 프로그램이 끝나고 '노래하는 가수' 카이가 "오늘 하루도 평화로우셨나요? 안녕하세요? 세상의 모든 음악 카이입니다." 라고 새 프로그램의 문을 연다. 카이의 시간이다. 첫 곡이 'beautiful dreamer', 포스터의 곡이다. 여고시절 불렀던, 지금도 부르면 꿈만 같은 번안곡 '꿈길에서' 이다. 이어지는 조지 윈스턴의 'thanksgiving', 선율이 유리구슬보다, 햇살보다 맑다. 가슴이 뛴다.

오래 전에 경북대학교에서 있었던 조지 윈스턴의 연주회에 갔었다. 그날 보았던 윈스턴의 소박한 모습과 연주의 감동이 되살아난다. 그는 커다란 검정 가방을 들고 성큼성큼 걸어서 무대 중앙에 섰다. 가방을 발치에 놓고 인사를 하고 곧바로 피아노에 앉아서 건반을 짚었다. 이따금 관중석을 향해 싱긋

웃을 때 그 웃음이 참 매력적이었다. 약간 대머리에 청바지와 남방을 아무렇지도 않게 걸친 옆집 아저씨 같은 모습이었다.

오직 피아노만, 음악만 있었다. 군더더기라곤 찾아볼 수 없는 너무나 평범한 아저씨였다. 그를 보고 또는 그의 연주를 듣고 글쓰기도 그래야한다는 생각을 했다. 글을 쓰는 이도, 글도 모름지기 본질만 있는 그런 것이어야겠다는 자각이 무슨 열망처럼 끓어올랐다.

듣고 또 듣던 그의 앨범 Autumn, December에 담겨 있던 은총처럼 아름다운 곡들이 생각난다. 나무, 달, 바다, 캐럴, 평화 등등. 그새 다른 곡들이 흘렀고 여전히 서정적인 음성으로 카이가 음악을 소개한다. 이제 접어야겠다. 하루 일을 마쳤고, 뒷정리를 해야 한다. 집에 간다. 집에 간다는 건 더할 나위 없이 고마운 일이다. '집'이란 얼마나 소중한 말인가. 구조물로서의 집을 말하는 게 아니다. 밤이면 식구들이 모이는 집, 웃으면서 돌아오고, 죽을 만큼 지쳐서도 돌아오며, 상처받고 울면서도 돌아오는 집, 우리 모두 한 마리 새가 되어 날개를 쉬는 둥지, 그게 집이다.

그런 집으로 나는 간다. 불빛에 반짝이는 신천을 바라보면서 간다. 수많은 자동차들이, 그 자동차 안에 있는 사람들이 하루를 보내고 집으로 간다. 그러면서 하루를 돌아본다. 팍팍

하고 숨찬 일들 사이사이에 쉼표처럼 차 한 잔 마실 시간이
있었고, 좋아하는 음악을 들을 수 있었으며, 그리운 사람을 그
리워할 수 있었다.

집에는 따뜻한 밥상이 있고(물론 내가 차려야하지만) 혼곤한
잠이 있다.

(2014.)

닮은꼴 셋이다

"그는 이른바 시인이 아니다. 하지만 시인의 마음을 가졌다면 시인일 수 있지 않을까? 또 어느 시인의 말처럼 사는 것이 시詩라면, 그의 언어들도 서로 부르고 화답하면서 시가 될 수도 있겠다는 생각을 했다."

시집 마지막에 붙인 '아내의 말' 첫 단락이다. 문단에 있는 시인들에게 미안해서, 책이 범람하는 시대에 여러모로 낯이 없어서 변명 아닌 변명을 했다. 남편이 시집을 냈다. 문단 언저리에도 가보지 않은 그가 언제부턴가 시 비슷한 것을 끼적거렸다. 꽤 신선한 시어도 보이고 더러는 괜찮은 내용도 있었다. "당신 시 쓰면 되겠다." 그는 계면쩍어하면서도 고무된 표정을 지었다. 참 현실적인 사람인데, 감성적인 구석이라고는 보이지 않는 무척 건조한 사람인데 뜻밖이라는 생각을 했다. "써

봐요. 당신 칠순에 맞춰 시집 묶으면 좋을 것 같은데요."

그리고는 몇 해를 잊고 있었다. 이른 봄에 그가 말했다. "내 시집 묶는다더니 접었소?" 느닷없었다. 처음엔 열심인 것 같더니 한동안 쓰는 걸 못 봤다. 그러면 그렇지 시 쓰기가 그리 쉬울 리가 있나 했고, 무심했다. "시 썼어요?" "썼지요." 남편이 공책을 내놓았다. 뒤로 갈수록 나아질 거라고 해서 뒷장부터 앞으로 넘기면서 읽었다. 많았다. 대개 초심자들이 그렇듯 겁 없이 마구 쓴 것도 같았다.

그의 일흔 번째 생일을 생각하니 바빴다. 기대를 하고 썼으니, 말을 했으니 시집을 묶자는 생각을 했다. 이름이 활자화된 건 명함이 유일하다. 무엇보다 활자가 된 자신의 글을 처음 대할 때의 그 떨림을 나는 알고 있다. 그것은 설레고 가슴 벅차는 것이다. 이제 그 느낌이 아득히 멀어졌는데 새삼 어떤 떨림이 나에게 왔다. 글을 쓰는 일은 오롯이 자신을 바치는 일이다. 사랑이라는 감정을 어렴풋이 알아갈 때의 뭐라 형언할 수 없는 설렘, 그것이 글쓰기에도 있다. 하여 사랑에 점점 빠져들어 가듯이 글쓰기의 마력에 몰입하게 된다. 남편은 바로 그 풋사랑을 시작한 것이다.

일백 편이 넘는 시를 한 편 한 편 읽으면서 그의 시심을 느꼈다. 물론 많이 미흡하다. 삼십 년 글을 써온 나도 매번 글 앞에서 자신이 없고 여전히 서투른데 그는 오죽하겠는가. 형식면에서는 행과 연의 구별이 잘 안되어 있고, 내용은 대개 너무 일상적이고 사유의 깊이가 약하다. 그는 시 창작을 공부해본 적이 없다. 게다가 신문 외에는 독서도 거리가 먼 그가 쓴 시는 그저 그답게 평범하다. 하지만 이게 어딘가 싶다. 문단의 시인들이 내게 보내온 시집들이 서가에 있고, 미처 읽지 못한 시집은 책상에 한참 머물기도 한다. 그가 시를 접할 수 있는 기회가 그뿐인 게다. 그 시집들에도 관심을 보인 적이 거의 없었다.

아무튼 그는 시라는 것을 썼고, 나는 정리해서 묶어야한다. 오자와 탈자를 수정하고 행과 연을 자연스럽게 배치했다. 교정부호로 지저분해진 공책을 딸아이에게 넘겼다. 컴퓨터에 옮기는 작업을 그 아이는 금방 해냈다. 표제를 정하는데 그와 나, 딸아이와 아들이 의견을 모았다. 가족의 마음이 모인 시집을 내고 싶었다. 그야말로 문외한이라 여겼던 남편의 필생의 작품집을 준비하는 것이다. 즐거웠다. 시인이 아니기에 더 귀하게 여겨진다.

표제를 「닮은꼴 셋이다」로 정했다. "닮은꼴 셋이다/ 딸, 아들, 나 셋이 닮은꼴이다/ 자식 키우기 참 힘들어도/ 아이들을 보면 흐뭇하다" 둘째 연이다. 결혼 전에 여읜 어머니를 그리워하고, 어머니와의 추억을 그린 시가 많았다. 이 나이의 사람들이 항용 그렇듯이 가난했던 어린 시절의 추억을 회상하는 시도 적지 않았다. 궁핍했던 옛날은 자주 얘기했지만 어머니를 이렇게 그리워하고 있는 줄은 몰랐다. 어머니를 그리는 수필을 제법 많이 썼던 나로서는 그의 마음을 헤아리지 못했다는 생각이 들어서 많이 미안했다. 그에게도 사무치는 그리움이 있었던 게다.

책 제목에 맞는 사진을 얻고자 동해바다로 갔다. 남편과 두 아이를 카메라에 담았다. 앉아서 또는 서서 수평선을 바라보는 세 사람의 뒷모습을 원경으로 잡았다. 내 흘러간 시간들을 생각했다. 그 흔적이며, 아픔이며, 환희였던 셋, 잠시 아리다가 오래 감사했다.

시집이 나왔다. 예상은 했지만 남편은 그 이상으로 기뻐했다. 일흔 번째 생일날, 저녁식사 자리에서 서명이 된 시집을 아이들에게 나누어주는 은발의 그를 나는 흔연하게 그리고 애련한 마음으로 바라보았다. 그 후 며칠은 형제들에게, 옛 친구들에게 책을 보내고 인사를 듣기에 정신이 없어보였다. 지금은 평온한 일상으로 돌아와 있다.

(2017.)

윤오월

일은 수면 아래로 내려갔다. 끝난 것 같다. 남편의 4형제 사이에 한동안 설왕설래, 평온한 집안을 흔들었던 이야기다.

"안 들었으마 몰라도 들은 담에야 우에 기양 넘구겠노."

꼴머슴 때부터 일흔을 넘긴 지금까지 고향을 지키며 살아온 둘째의 입에서 불거져 나온 말이다. 평생 순둥이였던 그에게서 한 번도 들어보지 못한 결연하고 단호한 말투였다. 일은 그 '들은 것' 때문에 시작됐다.

둘째는 그렇게 막내에게 먼저 운을 떼며 동의를 구했다. "뭐, 산 사람이 먼저 아이겠능교." 막내는 짧은 망설임 끝에 어정쩡한 대답을 했다. 둘째는 첫째와 셋째에게 전화를 해서 자초지종을 말하고 막내가 찬성을 했다고 힘을 얻었다. 막내는 시쳇말로 '먹물'이 좀 들어있어서 매번 자의 반 타의 반으로 문제의 중심에 서곤 했다. 멀리 떨어져 사는 셋째는 교통사고로 크게 다쳐서 몇 해를 병상에 누워 있다가 이제 겨우 걸음연습을 하는 터였다. 셋째는 낮은 음성으로 냉정하게 말했다. "내 오도가도 몬하니 좋을 대로 하소."

화가 치민 첫째가 막내에게 전화를 해서 저녁에 올라오너라. 일갈하듯 말하고 '뚝' 수화기를 놓아버렸다. 첫째와 막내는 한 동네에 사는데 큰집이 좀 더 높은 지대에 있다. 저녁에 첫째는 막내에게 호통을 쳤다. "니가 먼데 찬성이니 머니 하노?" 막내는 할 수 없지 않느냐, 둘째형님이 땅주인이 아닌가, 법적 주인이 팔겠다는데 무슨 수로 막느냐. 아마 그 땅은 이미 팔렸을 것이다. 그래서 산소를 이장하자는데 별 수 있느냐고 응수했다.

더 노발대발한 첫째가 "니는 부모도 없냐?"고 고함을 질렀다. 막내는 형님들이야 땅뙈기라도 물려받았지만, 열댓 살부터 혼자 떠돌 때 형님들 나한테 해준 게 뭐가 있느냐. 왜 이럴 때만 부모고 형제냐. 내 물려받은 건 부엌에서 갖고 나온 '어무이' 닳아빠진 숟가락하나 뿐이라고 울분—그 울분은 땅뙈기에서 유발된 것이 아니라 지독하게 외롭고 어려웠던 시절에 대한 기억이 가슴 밑바닥에 잠자고 있다가 불현듯 솟아오른 것이다. —을 토했다. 나는 형제간에 송사는 못하니 알아서 하시라며 문을 쾅 닫고 나와 버렸다.

막내가 남편이다. 느닷없이 일어난 것 같지만 실은 오래 묵어오다가 터진 일이다. 시골에 사는 둘째동서는 수십 년 이런저런 질병에 시달렸다. 입원과 퇴원을 거듭하고 몇 차례의 수술도 받았다. 어느 날 누군가가 지나가면서 조상의 산소가 좋지 않아서 우환이 끊이질 않는다고 말했다. 마음에 담고 있기 너무 힘들었지만 말은 차마 꺼내지 못했다. 최근에 또 죽을 고비를 넘겨서 생각이 꼬리를 물던 차에 이번에는 친정동생을 대동하여 제대로 물어보러 갔다. 같은 대답이었다.

윤달이 든다는 건 알고 있었다. 입을 떼자, 결심하였다. 기정사실로 쇄기를 박기 위해 먼저 부모님의 유택이 한가운데에 자리한 넓은 밭을 팔았다. 남의 땅을 밟고 산소엘 다닐 수 없으니 윤오월에 이장을 하자고 남편을 설득했던 것이다. 이제 도저히 농사를 지을 수 없을 정도로 쇠잔했다. 그래서 농지를 정리한 것이라 하는데 사실 이장을 하고 싶은 마음이 더 커서 밭을 팔았을 수도 있다. 나는 심정적으로 동의했다. 사람이란 그런 것이다. 뭔가 마음에 걸리는 말을 듣고서 아무렇지도 않기는 힘들다. 고통이나 죽음 앞에서 한없이 나약해지는 인간이기에 속설에라도 매달리고 싶었을 것이라 이해되었다. 부모님의 유택이 들어선지 사십 년이 넘었다. 접근성이 좋은 공원묘지에 모시는 것도 괜찮겠다는 생각이 들었다.

태양력과 태음력 사이의 시간을 맞추기 위해 윤달을 넣어 책력과 계절을 일치시키는 장치가 윤달인데 3년 만에 그 윤달이 돌아온 것이다. 귀신도 모르는 달이다. 귀신도 쉬는 달이다. 윤달에는 불온한 일을 하여도 동티가 나지 않는다는 속설은 사람의 마음을 흔들기에 충분하다. 하여 예부터 윤달에 이장을 하고 수의를 마련하는 관습이 있었다. 종교적 신념으로는 손 없는 달이니, 귀신도 해코지하지 않는다느니 하는 걸 믿을 수 없지만 말했듯이 인간은 목숨 앞에 작아지는 존재다.

둘째동서가 "내가 죽고 말지~."를 짚동 같은 한숨과 함께 뱉어내는 것으로 일은 중단된다. 큰아주버님의 호통과 큰동서의 눈물바람은 힘이 셌다. 맏이는 맏이인 게다. 그 밭을 과수원으로 만든다니 울타리가 생길 터이고, 양해를 얻어야 벌초도 성묘도 가능할 것이다. 추석 전에 벌초할 때 불꽃이 다시 일어날 공산이 크다. 2차 형제의 난이 발발할 수도 있다. 나는 정말 비겁하지만 관망자가 될 생각이다. 달리 뾰족한 수도 없다. 결혼하기 전에 이미 산소가 모셔져 있었다. 대체 무슨 자격으로 거들 수 있겠는가.

형제간의 우애를 해치지 않는 선에서 해결하는 방도는 없을까. 솔직히 잘 모르겠다, 어떻게 해야 하는지.

(2017.)

바람이 분다

바람이 분다. 햇살 눈부신데 쌀쌀하다. 칠곡 현대공원, 사위가 다 유택들이다. 현대공원은 그야말로 현대식이어서 납작한 평장묘들과 반듯한 비석들로 빼곡하다. 가지런하고 깨끗하다. 시부모님 유해를 이장하였다. 삼우제날, 새 유택 앞에 나란히 서서 기도한다. 맏동서가 뭐라고 계속 웅얼거리며 훌쩍훌쩍 울음을 이어간다. 바람이 우리들을 한 차례, 여러 차례, 훑어간다. 앉아서 차려낸 음식들을 먹고 있는데 깔고 앉은 자리 밑에서 냉기가 올라온다. 한기가 든다.

일어나서 비석의 앞뒤를 찬찬히 살펴본다. 앞면은 "처사 박○○, 집사 임○○之墓"와 생몰년도가 정갈하게 새겨져 있다. 뒷면은 아들들, 며느리들 이름이 서열대로, 그 아래에 손자손녀들 이름들이 박여있다. 손녀가 누나이고 손자가 동생인데 묘비에서는 순서가 바뀌어있다. 여기에서 남자는 앞이고 여자는 뒤다. 딸의 눈치를 본다.

이태 전에 수필 「윤오월」을 썼다. 이 글은 속편인 셈이다. 첫 대목을 여기에 옮긴다.

"일은 수면 아래로 내려갔다. 끝난 것 같다. 남편의 4형제 사이에 한동안 설왕설래, 평온한 집안을 흔들었던 이야기다."

그때 수면 아래로 내려간 일은 날이 가면서 완전히 소멸된 걸로 여겼으나 어느 날 갑자기 솟아올랐다. 둘째가 파묘를 하겠다고 막내에게 선언을 한 것이다. 막내에게 먼저 말한 것은 첫째에게 전하라는 얘기다. 그러니까 최후통첩이다. 처음 이 일이 대두되면서 첫째와 둘째 사이에 골이 깊어졌다. 사태가 심각해서 막내는 첫째에게 말했고 고래고래 고함소리가 죄 없는 막내에게 쏟아졌다. 첫째가 여든두 살이고 막내는 일흔두 살이다. 막내도 '한 성질'한다. "둘이 붙어서 해결하소!" 그 소리가 하도 커서 나는 화들짝 놀랐다. "흥분하지 말고 차근차근 얘기해요." "흥분 안하게 됐소?"

그렇게 한 주일 정도 큰소리가 오가고 죽이네 살리네 못할 말들도 주고받은 뒤에 막내가 사태를 해결하기 위해 나섰다. 일은 시작되었고 끝이 나야하기에 달리 방도가 없었다. 말했듯이 「윤오월」의 속편이므로 그때 일을 좀 더 말하지 않을 수가 없다. 둘째 동서가 오랜 세월 몹시도 아팠고 일흔의 나이에

요양병원을 들고나니 무속이 끼어들었다. "살이 끼었다. 시어머니 산소를 옮겨야 한다." 그게 무속인의 처방이었고 교회를 다니는 첫째는 그 말을 들어줄 수 없다는 것이었다. 처방을 이행하지 않으면 죽을지도 모른다는 두려운 심리와 종교적 신념이 첨예하게 맞서서 결이 거친 말들의 전투가 한동안 지속되었다.

아무튼 모월 모일이 '손 없는 날'(귀신도 몰라서 액厄이 끼어들지 못한다는 윤오월을 이태 전에 놓쳤으므로 아쉬우나마 다시 받은)이라서 그날 파묘하니 알아서 하라는 통보를 받았다. 고집만 부리고 있으면 뭐 공중분해라도 할 거냐고 첫째에게 소리소리치다가 사정사정하다가, 막내는 큰조카를 데리고 공원묘지들을 찾아다녔다. 유해를 받아 모실 유골함을 구입하고, 그 지역 면사무소에 이장신청서를 제출하고 허가를 받는 등 필요한 절차에 들어갔다. 첫째는 화를 내면서도 한풀 꺾여서 못이기는 척 넘어가고 있었다. 다만 내 손으로 하지는 않겠다는 뜻으로 뒤로 물러나 있었다. 셋째는 오랜 병고로 몸이 자유롭지 않아서 아예 의견이 없었다. 사태가 워낙 치열하였으므로 나는 아무 말도 보태지 않았다. 다만 형제 중 누군가가 "죽을 것 같다."고 소리치면 들어주어야한다고 생각만 했다.

새 유택에 첫째와 막내 가족만 와있다. 막상 풍광 좋은 곳,

환하게 트인 곳에 부모님을 모시고 나니 첫째는 무척 고무되었다. "좋다, 좋다!" 하면서 휘 둘러보고 비석을 쓰다듬고 새겨진 이름들을 만져보곤 한다. 수십 년의 고요를 깨고 1,2차 형제의 난을 치른 끝에 일은 완전히 수면 아래로 내려갔다.

막내의 슬픔은 예사롭지 않은 것 같다. 삼우제에 와서 말한마디 하지 않는다. 화장장에서 부모님의 유골을 받아 안고 새로운 곳으로 모실 때 내내 꺽꺽 울음을 삼켰다. 가난 때문에 중학교 때부터 혼자 굴러다니듯, 버려진 듯 성장하였기에 부모님의 유해를 받아 안는 순간 지난날의 설움까지 보태져서 먹먹한 울음이 된 것 같다.

잘했다고, 좋은 곳에 모시지 않았냐고, 형제들은 오래지 않아 화해할 것이라고, 내가 그를 위로한다.

(2019.)

우리 둘은 좀 특별하다

설을 쇤 지 열흘쯤은 되었을 게다. 겨울 햇살이 유난히 따사로운 오후였다. 명절을 보내고 나면 가슴에 사진판을 주렁주렁 걸고 "사진~ 찍어요.~!"를 외치며 사진사가 골목골목을 다녔다. 순식간에 꼬맹이들이 조르르 몰려들었다. 사진을 찍는다는 건 꼬맹이들에게 매우 신기하고 설레는 일이었다.

배경이고 포즈고 아무도 따지지 않았다. 서라면 서고 앉으라면 앉았다. 명절 끝에 사진사가 오는 건 당연한 일이었다. 어른도 아이도 그때는 얼마간의 돈을 지니고 있었기 때문이다. 오, 우리에게도 세뱃돈이 남아있었다. 나는 뭉그적거렸다. 지금처럼 그때도 나는 무언가를 행동으로 옮기는데 결정 장애가 있었던가 보다. 사진 한 번 찍는 게 몇 푼이나 되었는지 기억나지 않지만, 졸라대던 동생이 "잉야(언니야), 내가 돈 낼게" 했던 건 확실히 기억한다. 두 살 아래 동생의 코 묻은 돈으로 그날 우리는 대망의 사진을 찍었다.

이 꾀죄죄한 두 소녀의 뒤로 보이는 건 뒷집 진곤이 아제네 낡은 대문이다. 동생 옆으로 조릿대 숲이 보여서 그나마 운치를 더한 것 같다. 이 사진이 이토록 오래남아서 볼 때마다 새록새록 옛 생각을 하게 될 줄 알았더라면 우리 집 대문 앞에서 찍을 걸 그랬다. 한동안 우리 집 대문에는 '혁명공약'이 붙어있었다. 그게 무슨 뜻인지도 모르면서 꼬맹이들은 경쟁이라도 하듯 소리소리 지르며 읽곤 하였다. 배경이 우리 집 대문이 아니었던 건 아무리 생각해도 아쉽다. 꿈길에서라도 가고 싶은 옛집을 사진으로나마 간직할 수 있었을 텐데.

사진사가 대체 왜 그 집을 배경으로 택했는지 알 수가 없지만 짐작컨대 같은 배경에 꼬맹이들을 연이어 세우려면 골목안 집이 안성맞춤이었을 거란 생각이 든다. 어른들이 봤다면 쓸데없는 짓에 구렁이알 같은 돈을 쓴다고 경을 쳤을 일이다. 아무튼 사진 속의 동생과 나는 서로 토라진 것처럼 뽀로통한 표정이다. 얼마나 어색했겠는가. 앞에서는 사진사아저씨가 "고개를 이쪽으로 저쪽으로" 손짓을 했고, 진곤이 아제네 대문 앞이 앞마당이던 옥란이네 집에서 올망졸망 바라보고 있던 동네아이들의 호기심어린 눈빛들 때문에 잔뜩 얼어있었던 게다.

설빔으로 새 옷을 입은 지 며칠이나 되었다고 동생의 윗옷이

땟국에 절어있다. 모자가 달린 점퍼가 처음 나왔을 때였을 것이다. 주홍색이었는데 얼마 안가서 물이 빠졌던 걸로 기억한다. 값싼 것이 아니었겠나 싶다. 나는 검정색을 입어서 잘 보이지는 않지만 아마도 먼지가 뿌옇게 묻어있었을 것 같다. 둘다 빨간 골덴바지를 입었다. 명절에나 얻어 입을 수 있었던 그 시절 최고의 옷이었다. 그런데 무릎들이 튀어나와 있다. 우리가 워낙 빨빨거리고 다니기도 했겠지만 동생의 점퍼나 마찬가지로 싸구려였을 가능성이 크다.

문제의 운동화가 보인다, 잊지 못할 슬픈 운동화. 내 운동화 한 짝이 헌 것이라 색깔이 흐리다. 운동화를 일찌감치 사놓고 오매불망 설날을 기다렸다. 툇마루 끝에 놓여있던 다듬잇돌 위에 고이 모셨던 것인데 우리 집 누렁이가 대청마루 밑으로 물어다 놓고 앞뒤가 없어지도록 찢어놓았다. 물론 울었다. 처음에는 으~앙! 터져 나왔으나 훌쩍거림으로 낮아져서 도무지 그치지 않는 긴 울음을 울었다. 운동화가 아깝기도 하고 나도 달래야 해서 엄마는 대빗자루를 거꾸로 잡고 후려치며 이리저리 쫓아다녔지만 누렁이가 엄마보다 빨랐다. 새 운동화가 다시 생기지는 않았다. 그런 호사는 결코 일어나지 않는 것이었다. 짝짝이를 신고 다닐 수밖에.

둘째가라면 서러울 만큼 알뜰했던 어머니, 고모 삼촌에다 우리형제도 많았으니 어찌 값비싼 옷을 살 수 있었으랴. 그래도 추석빔 설빔은 꼭 마련해 주셨으니 감사할 뿐이다. 앞동산 소나무 숲에서 불어오던 바람의 촉감도, 여름 내내 집 앞 논에서 울어대던 개구리소리도 생생하게 남아있는데 옛 마을 감천리는 도회지가 팽창하면서 사라졌다. 사람들도 뿔뿔이 흩어졌다. 하지만 감천리와 '그 속에서 놀던 때'는 어제처럼 또렷하다.

우리 둘은 좀 특별하다. 언니들과 오빠는 일찍 결혼을 해서 어머니가 돌아가셨을 때는 우리 둘만이 남았다. 그때 동생은 고등학교 3학년이었다. 어머니가 가시고 열흘 후에 동생은 입시를 치렀고 실패했다. 그 겨울에 둘이서 용감하게도 영주부석사엘 갔다. 눈이 많이 내려서 천지가 온통 새하얗게 덮였다. 적막했다. 무량수전 회랑을 말없이 돌다가 멈췄다가 서로 한두 마디 말을 건네다가 한참을 입 다물고 있기도 하면서 시간을 보냈다. 누군가에게 부탁해서 사진을 찍었다. 나는 한 계단 위에 서고 동생은 아래에 섰다. 내 두 손은 동생의 어깨를 잡았다. 몸은 하나로 겹쳐졌고 동생의 얼굴 위로 내 얼굴이 보인다. 원경이다. 사위는 눈 천지이고 둘 다 검정색 코트를 입어서 그대로 흑백사진이다. 세상에는 엄마가 없었고 우리는 그 '엄마 없음'을 서로 채워주어야 했다.

세월의 마디마디를 아프게 디디며 남들 다가는 길을 오래 걸어서 우리는 둘 다 예순을 넘겼고 딱 그만큼 나이 들어 보인다. 동생은 아직도 나를 "잉야!"라고 부르며 걸핏하면 저에게는 내가 '엄마'였다고 한다.

(2017.)

겨울 강

돌계단에 앉아서 강물을 내려다본다. 강은 동에서 서로 흐른다. 바람이 수면을 흔든다. 물의 결이 겹겹이 일어난다. 가을이 깊어 가는데 건너편 강둑은 아직 푸르고 그 뒤로 죽 늘어선 키 큰 나무들도 짙푸르다. 자전거들이 빠르게 오고간다. 아파트 또 아파트, 그 사이사이로 멀리 산 능선이 보인다. 일어선다. 서쪽으로 걷는다. 노을이 참 곱다.

나는 섣달에 태어났다. 추위를 지독하게 탄다. 탯줄이 잘리면서 어머니와 분리된 형이상의 추위와 느닷없이 한겨울의 냉기 속에 던져진 형이하의 추위를 나는 한꺼번에 습득했을 것이다. 그래서인지 나는 겨울이 추워서 싫고 동시에 추워서 좋다. 겨울은 내게 떠나온 집이며 돌아가야 할 고향 같다.

겨울에 나를 낳은 어머니는 겨울에 나를 떠나셨다. 스물한 살의 겨울이다. 살아야겠는데, 어떻게든 살아야하는데, 내가 뭐 어린애도 아닌데, 주저앉아 있었다. 한참을 그러다가 일어섰다. 그럴 수밖에 없었다. 성가연습을 마치고 친구에게 금호강에 가고 싶다고 했다. 내가 아는 가장 가까운 강이었다. 무언가를 털어내고 싶었다. 필시 '무거움'이었을 테지만 그때는 그 말의 함의를 몰랐다. 그냥 살자, 살자, 그랬는데 강이 보고 싶었다. 나는 호수를 좋아하고 계곡을 좋아하며, 늘 바다에 가고 싶어 했다. 그날은 웬일로 강이 보고 싶었다.

추웠다, 몹시 추웠다. 눈 쌓인 길을 오래 걸어서 금호강가에 섰다. 언 강을 바라보고 있자니 고집 같은 것이 생겼다. 강을 걸어서 건너편 둑에 닿으면 내가 참 잘 살 것 같았다. "강이 얼었네, 걸어서 저기까지 가자." 건너편 둑을 가리켰다. "출렁다리로 가자." 그리 말하고 그는 잠시 말이 없다가 "그래 가보자." 하였다. 속으로는 두 길이 다 무서웠다. 조심조심, 발밑이 무서워져서 가만가만, 잰걸음으로 강둑에 닿았다. 한 어르신이 지나가시다가 야단을 치셨다. 칼바람이 불었는데 이마에 땀이 묻어났다. 언 강을 건너서 기분이 좋았다. 뭐든 할 수 있을 것 같았다.

이듬해, 어머니의 기일 다음날 혼자 강을 찾았다. 강물은 얼어있지 않았고 자잘하게 결을 만들며 흐르고 있었다. 강둑을 좀 걸었다. 얼음 위를 걸을 땐 그럴 마음을 먹느라고 눈에도 마음에도 담지 못한 강을 바라보았다. 제법 걸었다 싶어서 물가까이에 앉았다. 물무늬를 보고 있자니 몸이 얼 것 같아서 다시 걸었다. 강아지풀은 푸석하니 마른 대궁이로 서 있고 구절초는 뼈대로만 남아서 애써 거미집을 붙들고 있었다. 거미집에 거미는 없었다. 검불이 바람에 들썩였다. 키 큰 나무들의 마른 가지를 삭풍이 울면서 지나갔다. 강은 비어있었다.

몇 해 전인가 성탄전야미사를 마치고 나오다가 그때 내 손을 잡고 강을 건넜던 친구와 마주쳤다. 반가워서 잠시 근황을 묻고 답했다. 은발의 신사가 묵은 말을 꺼냈다. "너 그때 왜 강을 건너자고 했냐?" "이십대였잖아." 나이 핑계를 댔다.

그 친구를 만나고 며칠 후 불현듯 강을 찾았다. 강변산책로를 동쪽에서 서쪽으로 천천히 걸었다. 모자를 쓰고 마스크를 하고 두꺼운 외투를 입었다. 강이 보고 싶어서, 겨울 강가에 서보고 싶어서 그 추위에 만용을 부렸다. 강은 내게 따로 말을 하지 않았고 다만 보여주었다. 바람소리, 이따금 푸드득거리며 나는 새들의 움직임, 빈 가지에 걸린 까치집이 강과 함께 쉬고 있었다. '희망 2호'란 이름을 옆구리에 새긴 작은 보트는 뒤집어진 채 겨울잠에 빠져있었다. 유람선은 차가운 강물에 발목을 묻고 있었으며, 매표소 옆에는 누군가가 쓰다 버린 낡은 리어카와 색이 바랜 플라스틱의자들이 포개어진 채 빈 강을 지키고 있었다.

강은 내 손을 꼭 잡아준 동무 같기도 하고, 문득문득 그리운 어머니 같기도 하다. 등짐이 못 견디게 무거울 때 나는 강가에 짐을 내려놓고 쉬다가 온다. 이제 계절이 따로 없다. 가뭄이 들면 강물은 얕고 가늘다. 큰물이 지면 모든 걸 삼킬 듯이 소리를 지른다. 그렇게 속을 뒤집고, 흘려보낸 강물은 편안해 보인다. 그 편안해 보이는 강물이 보고 싶어서 큰물이 지나가고 나면 "물 구경 간다."고 집을 나선다. 강물과 정이 많이 들었다. 하여 강을 만나고 오면 힘이 솟는다.

겨울이 오면, 또 강이 보고 싶으면, 목도리 두껍게 두르고 강을 찾아볼까. 언 강을 다시 볼 수 있으려나. 빈 강가에 서 있을 수 있으려나.

(2019.)

잔아부지 진갑잔치
−사투리 수필

옌날 내 컬 쩍에는 한갑잔치를 삼동네가 모지가 했심더. 한갑잔치 카이 똑떡키 생각키는 기 있심더. 붙들이 할매(붙들이는 내 동문데 학꾜 이름은 '부돌'임니더.) 한갑 때 마실 아재들이 사닥따리에 뚜꺼븐 요를 얹꼬 붙들이 할매를 그 우에 안차가 마실 한 바꾸를 돌았심더. 할매는 입이 한 박재기[1]로 째져라 웃어대민서 두 팔띠기로 너풀너풀 춤 치싰심더. 그 할매 얼매 안 되가 시상 배맀는데 8월 땡떠부였어예. 생이[2]를 미고 나가는데 꿍~꿍~ 알는 소리가 나가꼬 마카 기암초풍하고 나자빠졌어예. 할매가 살아났는 기라예. 그란데 할매가 사흘 재구[3]

---

1) 박재기: 바가지
2) 생이: 상여
3) 재구: 겨우

넘구고 재불[4] 돌아가시가 사람들이 "아이고 우야꼬~시상에! 할매도 와 이라는교? 꽁당버리밥하고 지룽빼이[5] 엄는 살림에 초상을 새로 치기 하시노. 상주 새 빠지구로." 그래 말했심더.

이바구가 질어졌심더. 이 이바구를 벡지하는 기 아이고 고 때는 한갑꺼지 사는 사람이 짜더러 만치 안었다 카는 깁니더. 한갑진갑 다 지냈다 카마 오래 살었다는 말이지예. 인자는 한 갑잔치가 엄서진 거 겉심더. 자슥들이 모지가 항꾸네 밥 묵꼬 선물을 디리던가 원족을 보내 디리던가 머 그러키 하지예.

잔아부지는 내 보다 여~살 우엡니더. 그라이끼네 올개 칠십이지예. 벌씨로 여덜 해나 지냈네예. 잔아부지는 요란 빽즉지근 하기 진갑잔치를 했심더. 성님들 보담 두 배로 살었으이 그랄만 하지예. 팔공산이라꼬 알지예? 거에 있는 식당을 전세 내가 대구는 말할 거도 엄꼬 산지사방 시시마꿈 사는 일가부치 들을 모지리[6] 불렀심더. 육십둘꺼지 살어가 갱사났다꼬~.

내 아~쩍에는 잔아부지를 잔아재라고 불렀어예. 잔아재 수 물다선가에 장개 갔는데 고때부텀 잔아부지로 불렀심더. 여 살 우에마 장난치미 놀아도 될 낀데 우리 집은 그랄 수 엄는

---

4) 재불: 다시
5) 지룽빼이: 간장밖에
6) 모지리: 모두

기 잔아부지가 젤 어른이라가 그런 깁니더. 울아부지가 팔남
매 마진데 잔아부지는 망내이였어예. 우로 성님 서이가 마카
마흔도 안 돼가 시상 배리가 잔아부지는 조선에 엄는 어른이
되뿌린 기라예.

나[7])가 우예됐끼나 촌수 낮은 피부치들은 잔아부지 앞에서
전치바꾸로 창가를 하고 춤치고 그랬심더. 잔아부지는 밍 짜
린 집안에 밍 쭐을 잇아가는 장한 일을 날마중 해내고 있는
기라예. 수물다서에 혼인해가 집안 어른이 되고, 장조카인 울
올배도 죽어뿌가 혼차 집 지키는 큰 남구가 됐지예.

생각해 보마 집안에 나 절믄 어른이 되는 기 얼매나 버겁고
애럽었겠심니꺼. 키도 작꼬 까무짭짭하고 눈도 커가 순해 빕
니더. 오래 됐심더. 고때가 언젠지 퍼뜩 생각도 안 나네예. 감
천리 산소를 군위로 한참[8])에 이장해야 되가 잔아부지는 온 산
을 삐대고 댕기미 터를 봤어예. 그래가 아홉 상구 터를 정했어
예. 그런 일을 갓마흔에 혼차 한 깁니더. 울할배를 속 빼 달마
가 꼭다시러버서[9])아무도 딴소리를 몬합니더. 그기 머 조은 기
겠심니꺼. 고로븐 기지예.

---

7) 나: 나이
8) 한참: 한꺼번에
9) 꼭다시러버서: 까다로워서

잔아부지는 내한테 친정 아부지나 진배 엄심더. 잔옴마한테 짐치 담가 조라, 매실접 갖다 조라 함니더. 음력 7월에 할배할매 지사[10]가 있심더. 내는 이리키 나를 묵고도 친정지사 몬 빠짐니더. 택도 없심더. 지사 때 우리는 연도煉禱를 디립니더. 오번에도 연도 디리고 나가 말하싰어예. "9월 2일 날 벌초할 끼다. 비 오마 그 담채 주다." 영슘이 가실서리 겉심더.

잔아부지가 잔아재 쩍 이바구 쪼매 하께예. 아재가 아매 여나믄 살 묵었을 낍니더. 올배 둘하고 잔아재가 어데서 노다가 불발탄인가 먼가를 만짔는데 그기 터져가 각중에 난리가 났는 기라예. 올배들은 잔아재 보다 한 살, 시 살 아랩니더. 머심아 서이가 다치가 도립빙원에 실리 갔으이 절딴 났지예. 울할매 허패 디비져가 오십사단꺼지 달구지 아푼 줄도 모리고 새가 빠지기 뛰가가 "젤로 높은 넘 나온나!" 꽘~ 지르고 난리쳐가 치료비 받어 내고, 얼매나 높은가는 모리지만 높은 사람이 와서 빌고 했다 캄니더. 잔올배는 손까락들이 붙어가 띠 내는 수술하고 큰올배와 잔아재는 마이 디가[11] 손에 숭이 졌심더. 동무 겉은 조카 둘 도 커다가 죽고 절머서 죽고, 잔아부지 억수로 외로벘을 낍니더. 펑퍼대 안자서 목 노코 실컨 우지도 몬하

---

10) 지사: 제사
11) 디가: 데어서

고, 맴 단디 묵고 어깨쭉찌 심주고 사싰겠지예.

　잔아부지 진갑잔치 절때로 잊아뿌지 몬합니더. 팔공산이 떠
니러 가라꼬 풍장치고 노던 날 생각했심더, 잔아부지가 살어
낸 소 터래기 겉이 숫한 날들을.

(2017.)

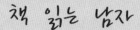

| 5부 |

책 읽는 남자

최고의 보물이
책이다.
결코 사라지지 않을 최상의 가치가 책이다.
그걸, 그 종이책을 손에 들고 있는
젊은 남자들의 모습이
아름답다.

「면학勉學의 서書」를 다시 읽었을 때

　양주동 선생의 「면학勉學의 서書」를 다시 읽었다. 수십 년 잊고 살았던 그 빛나는 글을 다시 읽으면서 정말이지 '채프먼의 호머를 처음 보았을 때'의 키츠에 버금가는 경이로움에 휩싸였다. 하여 다시 또 다시, 몇 번이나 읽었다.

　선생은 자타인정의 천재이시다, 국어사랑에 일생을 바친 대단한 자존심을 가진 분이시다, 선생에 대해선 아무리 강조해도 지나치지 않다, 열변을 토하던 고등학교 때의 국어선생님도 생각났다. 선생의 「면학의 서」와 「조선의 맥박」을 국어선생님은 시험문제로 자주 출제하셨다. 특히 「면학의 서」는 글 전체가 시험문제의 대상이었다. 그래서 하는 수 없이 줄줄 외다시피 했다. 선생께서 2,30년 후에야 평범한 그 말의 진리를 깨달았다는 "학이시습지 불역열호學而時習之 不亦說乎"와 홀로 앉아서 배우고 익혔던 '삼척안두'며, 오늘에도 빈번히 입에 올려지는 '온고이지신溫故而知新'의 뜻풀이는 물론, 한자어로 옮기는 문제 등등 어느 한 문장도 시험문제가 되지 않는 게 없었다.

나는 그때 '몸에 저리게 느껴지는~'이라는 표현이 좋았다. 후에 글을 쓰면서 '가슴 저리다.'란 글귀를 자주 썼는데 은연중에 습득한 유사표현이 아니었나하는 생각이다. '~우수마발이다 삼인칭야라.'에서 그 삼인칭이란 걸 교장선생님도 몰랐다는 것이 그땐 우스꽝스럽기까지 했다. 젊은 선생님의 대답인 '우수마발'의 뜻을 국어선생님이 설명했을 때 "에계 그게 뭐야?" 교실 여기저기서 깔깔거렸다.

오늘 다시 읽으니 교장선생님이 대답을 못하신 건 당연하고, 젊은 선생님이 말한 '우수마발'은 세상 온갖 것을 통칭하는 그야말로 촌철살인의 풀이였던 것이다. 소년 양주동은 금방 알아듣지 않았던가. 무엇보다 삼인칭 단수가 무슨 뜻인지 궁금해서 눈길 삼십 리를 걸어서 학교로 가고, 다시 삼십 리를 되돌아오는 선생의 향학열이 감동적이다. 이 감동도 물론 오늘의 것이다. 그때는 그리도 열심이었으니 대단한 학자가 되었겠지만 "세상에~너무 지독해." 그러고 말았다.

'안광이 지배를 철함'은 정말 멋있었다. '채프먼'이라든지 '호머', '키츠'는 또 어찌나 신선한 이름이었던지, 당장에 도서관으로 달려가 '일리아드' '오디세이'를 찾았으나 쉽게 읽히지 않아서 읽다가 만 기억도 있다. 글 중간에 나오는, 다소 과장된 것 같으나 선생이시기에 전혀 과장이 아닌 비유들도 놀라웠다.

이 글은 서두에 나온 것처럼 '독서의 즐거움!' 한 마디로 집약할 수 있다. 어릴 때부터 나는 책 읽기를 좋아했다. 그게 나중에는 분별없는 식탐 같은 게 되어버려서 대개는 '박이부정博而不精'이 되었다. 아니다, '박博'이라니! 당치도 않다. 그냥 부정不精이 되고 만 게다. 그러니까 넓게 아는 것도 놓치고, 깊게 읽는 것도 놓쳤다. 그렇게 생각하니 무척 애석하다. 내 청춘의 시간들이 너무 아깝다. 삼척안두도 아니고 좋은 도서관에 앉아서 해 저물도록 책을 읽던 시절의 호사가 민망하다. 하지만 어쩌다 '박이정博而精'이 되기도 했을 터, 그게 위안이 된다.

어쨌거나 「면학勉學의 서書」는 나의 청년시절을 펄펄 끓게 하였다. 이 글이 꼭 일생을 통해 나의 독서습관이나 독서 욕구를 지배한 건 아니지만 책읽기의 즐거움, 중요함을 확실하게 가르쳐주었다고 할 수는 있겠다. 내 눈빛이 종이를 뚫기에는 어림도 없었겠지만 나는 줄곧 글줄에다 눈을 꽂고 살았다. 그럼에도 내가 좀 더 현명해지거나 깊어지지 못한 건 참 많이 유감스럽다. 아마도 나는 지적허영의 바다에서 헤엄을 치고 있었거나, 젊은이 특유의 넘치는 감성이 가져왔을 겉멋에 취해서 살았던 게다.

읽으면 읽을수록 이 글은 맛있고도 멋있다. 한량없이 깊고 넓다. 지식과 의지와 열정이 온전히 담겨있다. '군소리'가 전혀 없다. 내 죽었다 깨어나도 쓸 수 없는 문장이어서 외경을 느낀다. 명문장을 다시 읽어서 기쁘다.

갈래머리 여고생 시절의 교실과 친구들, 내가 좋아했던 국어선생님이 아주 오랜만에 생각나서 정말 기분이 좋다. 복도에서 밖을 내다볼 때 오래 묵은 느티나무 아래 붉게 깔려있던 낙엽이 아름다운 영상으로 눈앞에 보이는 듯 펼쳐진다. 어둠이 내려오면 도서관에서 나와 교정을 걸어 나오며 『폭풍의 언덕』의 '히스클리프'가 불쌍해서 울었던 기억도 떠올라 새삼스레 가슴이 저리다.

내 생애의 가을에 까맣게 잊고 있었던 선생의 「면학의 서」를 다시 읽은 건 행운이다. 이 나이에 참 행복하다.

(2014.)

---

* 제목의 가락은 '채프먼의 호머를 처음 보았을 때'에서 따왔다.

골짜기를 헤매다

『신곡—지옥편』을 다시 읽기 시작했다. 분명 다시 읽는 것인데 글줄이 생소하다. 눈앞에 거대한 세계가 펼쳐져 있는 듯 막막하다. 단테의 대서사시『신곡』은 불후의 명작이라 칭송을 받고 있으나 제대로 읽은 사람은 그리 많지 않다고들 한다. 그만큼 읽어내기 힘든 작품인 게다. 다시 읽기 시작했으니 연옥편 천국편도 제대로 읽어야겠다. '내 생애의 책 100권 다시 읽기' 중 하나인데 시작하는 게 겁이 나서 미루고 있었다. 오래전 그때 성긴 그물에서 주르르 빠져나간 내용들과 의미들을 이번에는 좀 촘촘하게 건져 올려야겠다는 다짐도 했다.

왜 읽느냐고? 오기 같은 것이다, 기어코 읽고 말겠다는. 다 읽지 못하고 주저앉을까봐 지레 겁먹어서 하루에 한 곡씩만 읽기로 했다. 감질나지만 지치는 것보다는 낫겠지. 이 방법을 택하고 나니 정말 귀찮을 만큼 많은 하단의 주註들을 훨씬 꼼꼼하게 읽게 되었다. 하지만 거의 문장마다 있는 주해註解들에 붙잡혀서 이어읽기가 잘 안 되는 건 여전히 걸림돌이다.

지난번에 읽을 때도 주(註)에 붙잡혀서 읽다가 중단하다가를 거듭했다. 나중에는 '주'를 무시하고 읽기도 했는데 뜻이 통하지 않아서 별 수 없이 그 진력나는 해석들을 근근이 읽어내곤 하였다. 그 어려운 읽기에서 내가 거머쥔 결과란 게 참으로 보잘 것 없었다. 겨우 줄거리만 잡았다는 것이다. 신앙, 문학, 역사 그리고 인문학, 어느 것 하나 제대로 알아듣지 못했다는 생각이 들었다. 씁쓸하였다.

『신곡』에는 단테가 살던 시대와 도시의 인물들이 대거 등장한다. 그 시대와 지리적인 한계 때문에 주로 이탈리아의 도시국가 사람들과 신화 속 인물들을 다루고 있다. 그 수많은 인물들이 지상에서 살다간 인과관계와 그에 따른 죄와 벌들을 읽어내는 것은 참으로 난감한 일인 것이다. 내 깜냥만큼 읽고 딱 그만큼 받아들일 수밖에.

지옥은 구원이 차단된 곳이다. 깔때기 모양으로 생겨서 아래쪽으로 내려갈수록 좁아지고 형벌은 무거워진다. 지옥의 상층부에는 '림보'가 있다. 세례 받지 못하고 죽은 어린 아이들과 그리스도교 이전에 살다 죽은 선량한 자들의 영혼들이 거기에 있다. 고통은 없지만 영원히 그곳에 머물러야만 한다. 그러니까 구원에 이르지는 못한다는 뜻이다. 그리스도교적 신앙에 근거한 것이다.

사련邪戀, 탐욕, 낭비한 자, 인색한 자, 폭력, 자살, 자해, 도박, 남색, 고리대금업자, 배반한 자들이 점점 더 좁아지고 깊어지는 곳에서 신음하고 있다. 그야말로 처참하다. 사기꾼, 화폐위조범, 남을 속인 자들이 지옥의 제8옥 열 번째 구덩이에서 벌을 받는다. 사기꾼이 강도보다 훨씬 중형을 받는다. 그 까닭이 강도에게는 도덕을 기대하지 않았고 사기꾼은 상대로 하여금 도덕적이라 믿게 만들었기 때문이라고 한다. 이 시대의 사기꾼은 변제만 하면 대개 형이 줄어들거나 면제되고 강도는 중벌을 받는데. 목마를 트로이에 끌어들이도록 거짓말을 한 그리스인 시논도 제8옥에서 형벌을 받고 있다.

배신자들은 제9옥에 있다. 배신이 가장 큰 죄인 것이다. 유다가 대표하는 배신자들은 지옥의 마지막 그러니까 깔때기의 맨 아래쪽에 있다. 언젠가 뮤지컬 "지저스 크라이스트"를 보면서 "왜 하필 저입니까?" 부르짖는 유다가 불쌍해서 나는 울었다. 성서에 이 모든 게 예언되어 있었고 예언된 일은 반드시 이루어진다고 한다. 한편으로 인간에게는 선악을 선택할 자유가 주어져 있다고도 한다. 유다 스스로 배신을 택했으나 예언이 이루어지기 위해서 유다가 쓰였다고 볼 수도 있다. 그 유다가 울부짖었다. 유다의 울음에 내 울음을 얹은 것은 나도 유다

와 다르지 않다는 자각 때문이었다.

연옥煉獄 – 'Purgatory' 깨끗하게 하다, 정화하다, 헹구어내다 란 뜻이다. 죄를 헹구어내기까지 영혼들은 내가 느끼기에는 지옥이나 다름없는 고통을 당하는 것 같다. 그 세계의 시간이 이 지상의 시간과 다른지 어떤지 모르지만 수백 년 동안 연옥불의 뜨거움을 견디고 있는 영혼들의 이야기를 읽으면서 두려움을 느꼈다. 하지만 연옥에서는 빛이 보인다. 빛은 구원과 연결되어 있을 것이기에 위안이 되었다.

역시나 심연을 가늠하지는 못했다. 이제 눈부시게 아름다운 베아트리체와의 두 번째 만남이 남아있다. 내면조응을 통한 성찰의 시간을 남겨두고 있다. 단테란 위대한 시인이 쓴 서사시, 몇 번을 거듭 읽는다 해도 완전히 해독하지 못하고 그 은유와 상징의 골짜기를 헤매게 될 것 같다. 그렇듯 두려움과 난해함을 넘나들며 헤매더라도 위안 또한 없지 않았으니 그 시간을 결코 아깝다하지 않겠다.

지난해 초봄 이탈리아 여행 중에 단테의 생가에 들렀다. 물론 내부를 들여다볼 수는 없었지만 단테의 문장과 흉상이 걸린 벽 앞에서 딸아이와 사진을 찍었다. 단테선생님, 『신곡』의 골짜기와 언덕들을 숨차게 읽어내느라 제 모자란 머리가 '돌아버릴' 지경이었습니다. 그렇게 속말을 했다.   (2015.)

『톨스토이 도덕에 미치다』를 읽고

레프 니콜라예비치 톨스토이는 90권의 방대한 저서를 남겼다. 그는 위대한 작가였으며 현자였고 인류의 스승이었다. 여기에 대해 '아무도 다른 말을 하지 못할 것'이다. '한 인간이 무언가 90권을 썼다는데 존경 말고 뭘 어떻게 하겠는가.'라고 저자 석영중은 말한다. 톨스토이의 저서 90권 중에 나는 무엇을 읽었나. 『전쟁과 평화』, 『부활』, 『안나 카레리나』가 먼저 떠올랐고 『바보 이반』과 단편들이 뒤따라 왔다.

프롤로그의 제목이 "톨스토이 왜 안나를 죽였나?"이다. 저자 석영중은 이 책을 『안나 카레리나』를 중심으로 풀어나가겠다고 말하고 있다. 이 작품에는 사랑, 결혼, 종교, 윤리, 예술, 죽음 등 인생에 관한 톨스토이의 생각이 총망라되어 있다는 것이다. 하지만 저자는 하고 싶은 말이 너무 많아서 서술이 진행되면서 톨스토이의 수많은 작품들을 자주 끼워 넣었다.

책을 읽어나가면서 놀라움이 더해갔다. 알고 있던 내용이고 몇몇 작품은 영화의 장면까지 기억하는데, 그 모든 저서들이 '도덕에 미친' 한 위대한 인간이 부도덕한 인간을 처벌하는 것일 줄은 몰랐다. 더구나 그 도덕이라는 것이 톨스토이 자신이 이미 저지른 부도덕에 대한 참회의 과정에서 발생한 편집증적인 정신의 산물이라니. 톨스토이가 제시한 올바른 삶의 지표는 보통의 인간으로서는 도저히 실천하기 불가능한 항목들이어서 아연할 따름이다.

『전쟁과 평화』를 써서 이미 유명한 작가가 된 톨스토이는 마흔아홉 살에 『안나 카레리나』를 내놓았다. 이 작품을 통해 톨스토이는 나쁜 사회에서 나쁜 사랑을 하면 파멸한다고 경고한다. 안나는 쾌락을 원했으나 그 쾌락의 장면은 '모골이 송연한 공포'로 묘사된다. 물론 그 이전에 발표된 작품들에서도 톨스토이의 도덕에 대한 근본주의적인 이념이 많이 보였지만 본격적으로 자신의 삶을 바꾸고 표면적인 가르침을 시작한 것이 마흔아홉 살, 그러니까 『안나 카레리나』를 통해서이다. 이후 30년간 줄기차게 교훈적인 글을 썼다,

생의 반환점에서 삶의 방향을 꺾은 것이다. 톨스토이가 안나를 그토록 비참하게 죽인 것은 그녀가 불륜을 저질렀기 때문이다. 톨스토이는 부도덕한 여자, 카츄샤로 대표되는 창녀 등

특히 여성에게 잔인하다. 톨스토이에게 '여자는 백작부인이건 하녀건 모두 매춘부'다. 그는 육체에 탐닉했고 또 그만큼 육체를 혐오했다. 그에게 결혼은 죄의식을 덜기 위한 그러니까 합법적인 성생활을 위한 수단이었다. '결혼이란 오직 남자만을 위한 것'이었다. 남편을 배신하고 가정을 버리며, 사련에 빠졌다가 그 연인에게 버림을 받은 안나는 달리는 기차에 몸을 던져 자살한다. 톨스토이의 징벌이다.

소설『안나 카레리나』에는 '섬세한 예술과 지겨운 설교'가 혼재되어있다고 석영중은 신랄하게 비판했다. 안나와 연인 브론스키, 좋은 결혼의 표본인 키티와 레빈을 통해 톨스토이가 인류에게 보낸 메시지는 한 마디로 '어떻게 살 것인가'이다. 가르침은 톨스토이 자신이 투영된 레빈의 사유와 말을 통해 대부분 전해지는데 요약하면 대략 이렇다. 시골로 가라, 도시는 환락과 죄의 공간이다. 자기가 먹을 것은 자기 손으로 해결하라. 결혼을 하지 말라, 했다면 즉시 부부생활을 중단하라. 모든 사람을 사랑하라. 착하게 살고 남을 위해 살아라. 거짓말을 하지 말라. 곡물과 채소만 먹어라. 술과 담배를 끊어라. 어렵고 복잡한 예술은 버려야한다. 죽음을 생각하며 겸허하게 살아라. 맞는 말도 있지만 실천하기는 어려운 일이다.

톨스토이는 이 모든 것을 실천에 옮겼으므로, 현실에 발 디디고 사는 부인과 지옥 같은 전쟁을 치러야 했다. 재산을 농노들에게 나누어 주고, 직접 농사를 지었으며 채식만 했다. 사람들은 열광했고 톨스토이즘이란 이념이 만연하였다. 톨스토이는 모든 것을 둘로 나누었다. 좋은 사랑과 나쁜 사랑, 좋은 결혼과 나쁜 결혼, 채식과 육식, 시골과 도시, 선자는 선이며 후자는 악이다.

저자는 많은 양을 톨스토이의 결혼생활과 파국, 자녀들 이야기에 할애하고 있다. 특히 전쟁 같은 부부싸움은 흥미진진하기까지 하다. 그럼에도 불구하고 부부는 열세 명의 자녀를 낳았다. 부인 소피야와는 평생 일기전쟁을 했는데 훗날 세상에 남겨질 것을 염두에 두고 서로 자신이 옳다는 주장을 지치지도 않고 해댔다. 그리고 유언장 때문에 마지막까지 '피비린내' 나도록 싸웠다. 농장등 사유지를 이미 내놓았기에 부인과 자녀들의 유일한 생계수단이 된 저작권까지 사회에 넘기려는 톨스토이를 소피야는 참을 수 없었다.

톨스토이는 유언장을 아내 몰래 숲에 들어가서 작성했다. 모든 저작권을 딸 알렉산드리아에게 주었다. 딸은 어머니와 으르렁거리는 적이 되었다. 톨스토이는 1910년 10월의 이른 새벽에 모든 것을 버리고 가출을 했다. 그가 바란 것은 오직 고요와 평화였다. 그는 11월 6일 밤에 시골의 기차역에서 "진리를…… 사랑한다."란 말을 남기고 세상을 떠난다. 딸은 아버지의 임종조차 지키지 못하게 어머니를 막았다. 나중에 소피야는 남편 옆에 묻히기를 바랐지만 자녀들이 들어주지 않았다. 대문호의 전쟁터 같았던 가정을 들여다 본 기분이 몹시도 씁쓸하다.

위대한 작가이며 인류의 스승인 톨스토이에 대해서 저자 석영중이 말한 것처럼 다른 말을 할 수는 없다. 하지만 저자와 마찬가지로 나도 많은 부분 동의할 수 없었다. 책이 내게 남긴 명제는 그러면 나는 "어떻게 살 것인가."이다.

(2017.)

『도스토예프스키 돈을 위해 펜을 들다』를 읽고

도스토예프스키에 관한 한 작품이든 평론이든 전기든 내게
는 무척 흥미롭다. 그만큼 도스토예프스키를 좋아한다. 그의
음영이 짙은 얼굴에는 심오한 영혼이 보인다. 깊은 고뇌와 아
픔이 저리게 느껴진다. 한참을 들여다보고 있으면 한 위대한
인간에 대한 경외감으로 내 영혼에 떨림이 온다. 동시에 내가
읽었던 그의 작품들, 그가 창조해낸 인물들에게서 받은 강한
인상들이 겹쳐서 떠오른다.

신문에 이 책이 소개되었을 때 얼른 주문을 하였다. 기다리
는 동안 그의 작품들, 『가난한 사람들』, 『죄와 벌』, 『카라마조
프가의 형제들』의 돈에 얽힌 줄거리들이 파노라마처럼 지나갔
다. 저자 석영중은 인간 도스토예프스키를 적나라하게 보여주
고 있다. 거기에는 결함 많은 한 인간이 있을 뿐, 어떤 위대함
도 보이지 않는다.

그는 일생동안 수천 통의 편지를 썼는데, 아내는 물론 투르

게네프 등 당시 저명한 작가들에게 돈을 구하는 것이 대다수였다. 편지의 내용은 '정중하고, 간절하며, 때로는 비굴하게 아첨하고, 자신의 파멸을 예고하며 협박'하는 것이었다. 우리가 익히 알고 있는 그의 명작들은 도박 빚, 가족과 친지를 부양하는 비용, 그리고 여성편력에 물 쓰듯이 돈을 쓴 덕분에 탄생되었던 것이다. 선불을 받고 판권을 넘긴 나머지 약속한 시간에 쫓겨 미친 듯이 글을 써댔다.

빚에 끊임없이 쫓기고 시달리면서도 돈만 생기면 도박을 하는 도스토예프스키를 일부 심리학자들은 마조히즘적인 질병으로 보고 있다고 한다. 빚을 지고 벼랑까지 몰린 채로 미친 듯이 글을 쓰는 도스토예프스키를 보고 도박벽과 창작열이 묘하게 맞물려 상승한다는 것이다. 저자는 작품들의 저술시기와 도스토예프스키가 처한 딱하다 못해 불쌍하기까지 한 면모들을 보여주면서 이런 정황들을 설명하고 있다.

그의 명작에 등장하는 인물들은 돈의 고리로 얽혀있다. 책은 『가난한 사람들』, 『도박꾼』, 『죄와 벌』, 『백치』, 『악령』, 『카라마조프가의 형제들』에서 '돈'이 동기가 되고 매개체가 되면서 파멸하는, 그러나 마침내 구원에 이르러 신을 발견하는 인물들을 소개한다. 여기서는 돈이 동기가 된 사건이 가장 극명하게 드러나는 『죄와 벌』을 중심으로 살펴볼까한다. 이 작품의 저술 시기는 도스토예프스키가 정말 최악의 상태에 놓여 있을 때였다. 도박 빚에 몰려 바스바덴의 한 호텔에서 직원에게 물만 얻어먹으며 묶여있었다. 투르게네프에게 비굴하게 아첨하는 편지를 쓴 것도 이때였다. 이 빚을 10년 동안이나 갚지 못하면서 그는 미안해하는 대신 투르게네프를 비난하고 다녔다. 부자에 대한 혐오감, 열등감 때문이다.

학비와 방값이 밀린 라스코리니코프의 출구 없는 가난은 전당포노파를 살해하는 행위에 초인사상이라는 이념을 입히게 한다. 인류를 위해, 사랑하는 어머니와 누이를 위해 사회악에 불과한 노파는 죽어야 마땅하며 그 일을 자신이 해낸다는 영웅 심리가 작용한다. 해충 같은 한 인간을 죽여서 수만 명의 인간을 살린다. 비열한 인간을 희생시켜 훌륭한 인간을 구해낸다는 공리주의가 당시 러시아에 만연했다. 즉 위대한 인간에게는 모든 것이 허용된다, 그것이 살인이라 할지라도.

자신이 한 행위에 그렇듯 당위성을 부여했지만 현실은 어디까지나 현실이다. 살인은 잔악무도한 범죄일 뿐이다. 그는 '고뇌하고 고통에 허우적거렸으며 부자유'했다. 죄에는 당연히 벌이 따라온다. 라스코리니코프는 시베리아로 유형을 떠났다. 성찰이 일어났고 구원에 이른다.

이 방대한 줄거리에서 빼놓을 수 없는 인물이 소냐다. 소냐는 가족의 생계를 위해 몸을 파는 매춘부다. 가난한 소녀가 정직하게 돈을 벌 수 없는 시대적 환경이었다. 소녀의 영혼은 그러므로 순수하며 깨끗하다. 소냐를 통해 라스코리니코프는 성찰하는 영혼이 된다. 누이는 인색한 부자와 약혼하였다가 파혼하였다. 매제는 돈에 관한 한 몹시 비열한 인간이었지만 누이도 돈을 계산하며 결혼하려했던 것이다. 등장인물은 모두 무언가를 판다. 소냐는 몸을 팔고 누이는 명예를 팔았으며 라스코리니코프는 영혼을 팔았다. '판다'에는 반드시 돈이 개입한다.

라스코리니코프에게는 도스토예프스키가 투영되어있다고 저자는 말한다. 말했듯이 도스토예프스키는 돈이 촉발하고 돈이 고리가 되는 작품들을 썼다. 또 그의 작품들에는 대개 치정이 얽혀있다. 돈과 치정, 줄거리를 이어가는 매개체들이 매우 저급하다. 하지만 독자들은 그런 요소들을 거의 느끼지 못한다. 어떤 이상적인 가치로 모든 저열한 것들을 지워버리기 때문이라는 것이다. 천재가 아니고는, 위대한 작가가 아니고는 결코 이루어낼 수 없는 일이다.

책은 아직도 수많은 이야기를 담고 있지만 여기서 그칠 수밖에 없다. 결론적으로 말하면 도스토예프스키는 여전히 위대한 영혼이며 인류에게 불후의 명작들을 남긴 대문호이다. 그에 대한 나의 떨림은 그러므로 변함이 없다. (2017.)

밀정 그리고 송강호

'자나 깨나' 수필을 생각한다. 물론 그만큼 쓰지는 못한다. 양적은 면에서도 그렇고 질적인 면에서는 더욱 그러하다. 다만 마음만은 늘 간절하여서 영화를 볼 때도 한 편의 수필로 환치하여 읽고 해석한다. 그래서 「시 그리고 윤정희」를 제목으로 수필을 쓰기도 썼다.

오늘의 제목도 「밀정 그리고 송강호」이다. 영화는 1920년대 일제의 주요시설을 폭파하기 위해 상해에서 경성으로 폭탄을 운반해야하는 독립의열단과 이를 쫓는 일본경찰의 사생결단 암투를 그리고 있다. 실제사건인 "황옥경부폭파사건"을 모티브로 한 것이라고 한다. 황옥이란 인물의 정체성은 여전히 논란이 되고 있지만 오늘의 주제는 거기에 있지 않다.

"넌 이 나라가 독립이 될 것 같냐?"란 대사가 영화 초입에 나온다. 총상을 입고 구석에 몰린 의열단원인 친구에게 이정출(송강호)이 안타까운 마음으로 묻는 말이다. 이 대목은 대단히 중요하다. 수필에서는 도입부에 해당한다. 도입부는 전개와 결미를 가져오는 마중물이기 때문에 글을 쓸 때마다 매우 고심하는 대목이다. 그 당위성이야 어떻든 이 대사는 이정출이 친일행위를 하는 기조의식이 되는 것이다.

이정출은 일본경찰들과 함께 친구를 쫓으면서 "죽이지 마! 총 쏘지 마!"를 외친다. 쫓고 있기는 하지만 그 친구를 죽이고 싶지 않은 것이다. 친구는 총을 맞아서 덜렁거리는 엄지발가락을 뜯어내고 죽는다. 자신이 쫓은 친구의 최후를 보면서 조선인 출신 일본경찰 이정출의 감정은 복잡해진다. 이정출의 그러한 감정을 송강호는 특유의 명암이 뚜렷한 얼굴에 입체감 있게 담아낸다. 인물이 가진 이중적 인격을 그 이상 표현할 수는 없을 것이라 생각했다. 완벽한 육화肉化다.

영화가 보여주고 싶은 건 물론 일제강점기를 살아낸 사람들의 고뇌와 고통, 친일과 항일이란 두 선택지 중 하나를 고를 수밖에 없었던 인물들의 이야기일 것이다. 그런 줄거리를 영화라는 작품으로 만들면서 카메라 또한 여러 선택지 중에 보다 중요한 것을 비출 수밖에 없겠다는 생각이 든다. 수필을 쓸 때도 그렇다. 가지치기를 한다. 그래야 잎사귀들 사이로 파란 하늘이 보인다. 글이 명징해진다는 것이다. '송강호'를 제재로 하여 '밀정'이라는 시대적 인간상을 그려낸 연출자의 마음이 이해는 된다.

영화는 많은 시간을 송강호의 연기에 집중한다. 때문에 다른 인물들과의 관계도, 일제에 정보를 넘겨서 동지를 일망타진 당하게 하는 작중 다른 인물이 마땅히 가져야할 내면의 갈등 따위를 생략한다. 영화를 보면서 생각했다. 단락간의 유기적관계가 헐겁다. 그 인물이 그러해야만 하는 당위성이 결여되어있다. 한 편의 수필로 보면 결함일 수도 있겠다 싶었다.

"마음의 움직임이 가장 무서운 것 아니겠소?" 의열단장이 이정출을 조선의 밀정으로 쓰고자 단원들을 설득할 때 했던 말이다. 단장의 말대로 이정출의 마음이 움직인 것이다. 그런 과정을 겪는 이정출을 표현하는 송강호의 표정연기는 압권이다. 고뇌가 깊어서 숨도 쉬어지지 않는 눈빛, 얼굴근육의 미세한 떨림, 자신이 또 변절할지도 모른다고 또 다른 주인공인 김우진(공유)에게 말할 때의 혼란스런 표정을 나는 글로 옮길 수가 없다. 그런 점에서 내 수필은 저급하다.

일본경찰부에서 파티가 열리는 시간 이정출은 폭파장치를 끝낸다. 경무국부장 히가시가 술잔과 함께 전해진 쪽지를 펼칠 때 드러난 친구의 발가락은 섬뜩하면서도 통쾌한 것이었다. 놀라서 앞을 살피는 히가시에게 이정출은 술잔을 높이 든다. 재판정에서 일본어로 자신이 의열단원이 아님을 변명하면서 울먹이던 장면에 이어 송강호의 일품연기가 또 한 번 돋보이는 장면이다. 극적효과를 최대치로 끌어올리는 연출이며 수미상관이다.

뒷모습 연기도 여러 장면이 있다. 폭파와 폭탄전달을 마친 송강호는 청년에게 임무를 전달한다. 자전거페달을 힘차게 밟는 청년의 앞모습에서 미래지향적 희망이 느껴지는 반면 혼자 걸어가는 송강호의 뒷모습은 더할 나위 없이 쓸쓸해 보인다. 죽은 동지들에 대한 회한과 여전히 예측 불가능한 미래에 대한 불안한 감정을 송강호는 묵직한 뒷모습으로 전해준다. 그밖에 배경으로 깔리는 음악들, 어둡고 무거운 내용에 반하는 재즈, 무곡의 동떨어진 느낌이 오히려 처절과 비참을 증폭시킨다. 1920년대의 음악들이다. 동시대에 세계는 이런 노래를 부르고 이런 음악을 연주했다. 나는 이 음악들을 행간의 장치 혹은 의미로 해석한다.

"넌 이 나라가 독립이 될 것 같냐?"로 시작하여 "마음의 움직임이 가장 무서운 것 아니겠소?"로 전개된 영화는 "우리는 실패해도 앞으로 나아가야 합니다. 그 실패가 쌓이고, 우리는 그 실패를 딛고 더 높은 곳으로 나아가야 합니다."란 의열단장의 말로 결미에 이른다. 숙연한 메시지가 전해지는 대단원이다. 그렇게 한 편의 영화, 한 편의 수필 읽기는 끝난다.

(2017.)

두 남자 이야기

숲이 너무 아름답다. '너무'란 표현이 적절할 것 같다. 제주도의 시려니 숲에서 두 남자가 유쾌한 듯, 담담한 듯 대화를 나누고 있다. 나무들은 쭉쭉 벋어있고 비스듬히 기대어 있으며 여느 숲이나 마찬가지로 서로 얽히고설켜 있다. 한 남자는 땅에 편안히 앉아있고 다른 남자는 휠체어에 앉아서 정면을 바라보고 있다. 앉아있는 남자는 검은 안경을 쓰고 맹인용 지팡이를 쥐고 있다. 카메라가 위로 올라가면서 맑고 높은 하늘이 클로즈업된다. 투명한 햇살에 젖는 나뭇가지들, 잎사귀들을 보는데 눈물이 핑 돈다.

"나무들이 기울어져 있는 건 공생을 위한 몸부림인 것 같아." 휠체어 남자가 나무들이 곧게 또는 비스듬히 서서 어우러져 있는 모습을 세세하게 이야기해주며 말한다. "공생을 위한 몸부림이다~" 검은 안경 남자가 말끝을 흐린다. 영화 「시소

(seesaw)」는 그렇게 시작된다. '세상에서 가장 따뜻한 두 남자의 여행'이란 부제가 붙은 이 다큐멘터리영화를 텔레비전에서 마주쳤다. 채널을 돌리다가 거기서 멎었고 화면에서 눈을 뗄 수가 없었다. 크고 작으며 굵고 가느다란 나무들의 어우러짐, 그 사이로 보이는 쪽빛 하늘, 단풍이 들기 시작하는 나뭇잎들이 만들어낸 풍경 속에 예사롭지 않은 두 남자가 있는 것이다. 그 모습을 아름다움이란 간단한 말로는 형용할 수 없을 것 같다. 표현은 언제나 느낌에 미치지 못한다.

검은 안경은 가수 이동우다. 어느 날 이동우는 자신에게 하나 남은 눈을 주겠다는 전화를 받는다. 전화를 한 남자는 근육병을 앓아서 목 위만 쓸 수 있는 전신마비 장애자 임재신이다. 두 사람은 제주도로 여행을 떠난다. 둘은 마음을 나누면서 우정을 쌓는 시간을 가진다. 영화 말미에 이들의 경우 안구이식은 '과학적으로 불가능하다'는 자막이 올라왔다. 받을 수 없고 줄 수 없지만 그것은 이미 문제가 아니다. 두 사람은 볼 수 없고 만질 수 없는 것을 주고받는다.

내가 가지고 있는 5%가 형이 가지고 있는 95%와 합쳐서 100%가 될 수 있으면 좋겠다고 임재신이 말한다. 목을 겨우 가누는 그는 머지않아 그마저 잃을지도 모른다. 건강한 몸을 가졌으나 볼 수 없는 이동우에게 형의 95%라고 그는 말한다.

하지만 그 누구도 5%이거나 95%일 수는 없을 것이다. 인간은 그 존재만으로 온전히 100%가 아니겠는가.

제주 해안 어딘가의 단애 위에서 둘은 바다를 향하고 있다. 바다는 힘이 넘치도록 건강해 보인다. 왜 여기에 와보고 싶었느냐는 이동우에게 여기서 누가 나를 밀면 죽을 수 있겠지만 뭔가 땅 끝에서 다시 한 번 살아보자는 생각이 든다고 임재신은 대답한다. 이동우는 눈이 안보이면 귀로 더 본질적인 것을 들을 수 있다고 얘기한다. 그 말을 들으면서 나는 정말 소리들이 잘 들려서 파도소리, 갈대숲이 바람에 흔들리는 소리, 나뭇잎이 서걱대는 소리, 무엇보다 딸이 그림을 그릴 때 연필이나 크레파스가 도화지 위를 미끄러지는 소리를 그가 눈으로 보듯이 들었으면 좋겠다는 생각을 한다.

이동우가 "너 지금 기적이 일어나서 일어선다면 어디에 가고 싶냐."고 물으니 "가고 싶은 데는 없고 딸의 볼을 만져주고 싶어."라고 임재신이 대답한다. 둘은 딸 이야기를 많이 한다. 딸을 말할 때 이동우와 임재신은 울음을 머금고 있는 것처럼 보인다. 둘 다 웃으며 서로를 향해 있는데 절제된 감정이 고스란히 관객에게 전해지는 것이다.

다시 처음 그 숲속 장면이다. 수미상관, 그 사이에 제주의 풍경들과 두 남자를 담은 줄거리가 잔잔하게 흘렀다. 한 편의 서정수필 같다는 생각이 든다. 숲에서 둘의 대화가 이어진다. "우리 둘이 여기서 각자 죽었는데 나무가 되었어. 너는 굉장히 굵고 튼튼해. 그리고 나는 볼 수 있게 되었어." 이동우가 웃으며 이야기한다. 딸에게 이 소식을 어떻게 전하지? 임재신의 말에 카메라가 나무에 앉은 새를 잡는다. 새가 소식을 전할 것이다.

슬픔, 공포, 추락이 무엇인지 정확하게 알았다고 십 수 년 전에 근육병 진단을 받은 임재신이 말한다. 실명하게 된다는 걸 알았을 때 이동우도 그랬을 터이다. 눈동자모형의 펜던트 목걸이 두 개를 꺼내어 걸어주고, 걸며 이동우가 말한다. "우리 서로 마주보는 거야."

딸을 볼 수 없는 남자와 딸을 안아줄 수 없는 남자의 이야기는 마지막까지 소리가 없는 것처럼 조용하다. 서로의 눈과 발이 되어서 여행을 떠난 그들은 마음으로 보고 마음으로 껴안은 것이다. 남은 날들도 부디 그러하기를 ……. 혼자서는 볼 수 없고, 혼자서는 설 수 없다는 것이 이 영화의 메시지로 읽힌다. 함께 살아간다, 나무들처럼. 그리고 시소-seesaw, 서로를 마주보는 것이다.

(2017.)

책 읽는 남자

2천여 년 전에 폐허가 된 화려했던 도시 폼페이, 젊은 시절에 본 영화 「폼페이 최후의 날」의 장면들이 떠올랐다. 영화를 감상할 때는 타락한 위정자나 부호들에 대한 하늘의 심판으로 이해했다. 종교영화로 봤으니까. 산머리에 여러 겹의 구름 띠를 휘감고 있는 베수비오화산을 한참 바라보면서 그건 도시전체를 삼킬만한 거대한 화산폭발이었구나, 그러니까 지각변동이며 자연재해였구나, 그런 생각을 했다.

역사의 아픔과 고대도시의 아름다움을 동시에 느끼면서 폼페이를 둘러본 후에 사철(Regionale)에 오른다. 기차는 나폴리로 간단다. 그 옛날 우리네의 온갖 애환을 실어 나르던 완행열차가 생각난다. 통로도 의자도 비좁지만 나쁘지 않다. 낡을 대로 낡은 기차가 오히려 정겹다. 말소리 높고 웃음소리 왁자하다.

자리가 마주보고 앉게 되어있다. 내 앞에 이탈리아청년이 앉아있다. 그의 다리가 길어서 무릎이 닿을 듯하다. 창밖으로 눈길을 보낸다. 사이프러스나무들이 보인다. 영혼의 나무라고 하는 사이프러스, 고흐의 그림에서 더러 보았던 그 나무다. 이 나라의 풍경은 대개 고색창연하다. 기찻길 옆 촌락의 낡은 집 들에는 작은 창문들이 눈을 빤히 뜨고 바깥을 내다보고 있다. 그 평화로운 뜰에서 빨래들이 기막히게 화창한 햇살에 몸을 말리고 있다.

내 앞에 앉은 청년은 관광객들의 부산스러움 속에서도 끈기 있게 책을 읽는다. 그러다가 이따금 고개를 들어서 약간 짜증 스러운 표정으로 휘 둘러보고는 다시 책에다 눈을 박는다. 책 의 페이지를 넘기던 그가 문득 내 공책을 물끄러미 바라본다. (나는 메모 중이다.) 곱슬머리에 길고 짙은 속눈썹, 안경을 쓴 얼굴이 작다. 요즘 말로 비율이 좋은 이 청년은 서른쯤으로 보인다. 코발트색 점퍼와 청바지를 입었고 흰색의 납작한 운 동화를 신었다. 책에다 얼굴을 파묻고 있는 이 청년이 예뻐서 말을 걸고 싶지만, 무슨 책을 읽느냐고 묻고 싶지만 그가 알아 들을 언어로 시작할 자신이 없다. 관광객들이 뿜어내는 들뜬 숨결들 속에서 책을 읽는 아름다운 청년을 남겨두고 기차에서 내려선다. 사이프러스나무들이 그림 속에서 나온 것처럼 짙푸

르게 서 있다. 가이드의 노란 깃발을 보면서 열심히 걷기 시작
한다.

밀라노 두오모 성당(MARIAE NASCENTI)이다. 시간이 늦어
서 성당 안에는 들어가지 못하고 엄청나게 큰 외양을 둘러보면
서 그 위용과 섬세함에 압도당한다. 성당 중앙 문에 청동으로
조각된 예수님의 생애를 경건한 마음으로 천천히 새겨본다.
벅차고 또 아프다. 저녁 일곱 시인데 해가 떨어지지 않아서
사위가 훤하다. 하늘은 맑고 공기는 서늘하다. 파란 하늘에 하
얀 상현달이 떠있다. 그 거대한 청동 문 옆 벽에 기대서서 한
남자가 책을 읽고 있다. 전체적으로 무채색이어서 분위기가
무거워 보이는 그 남자, 어깨까지 내려오는 굽슬굽슬한 검은
머리칼에 텁수룩하게 수염을 기른, 키 큰 그 남자에게서 예수
님의 풍모가 느껴진다. 조금 전까지 예수님의 생애를 되새기
며 묵상했기에 그런 느낌이 든 것이겠지만 청년의 모습이 내게
특별히 유정하다.

그 남자는 수많은 사람들의 말소리와 발자국소리들 사이에
서 흔들림 없이 책을 읽는다. 내가 기도할 때도 딸아이와 돌계
단에 앉아서 쉴 때도 그는 여전히 책을 읽고 있다. 그리고 우리
가 일어설 때 우연이겠지만 그도 발치에 두었던 가방을 챙기더

니 홀연 가버린다. 종이 울리고 그 종소리를 따라 땅거미가
내려온다.

　여행지에서 더구나 신의 눈길이 느껴지고 신의 숨소리가 들
릴 것 같은 이탈리아를 여행하면서 내 시선을 온통 책 읽는
젊은 청년들에게 빼앗긴 건 아니다. 이 여행의 의미와 별개로
그들의 모습이 내게 귀한 풍경으로 다가온 것이다. 책벌레인
내가 여러 날 수선스러움 속에서 글 한 줄 읽지 못한 헛헛함
때문에 책 읽는 청년의 모습이 더 예뻤는지도 모르겠다. 인류
의 유구한 역사와 인간의 위대하고 고귀한 정신이 만들어낸
최고의 보물이 책이다. 결코 사라지지 않을 최상의 가치가 책
이다. 그걸, 그 종이책을 손에 들고 있는 젊은 남자들의 모습
이 아름답다는 것이다.

(2015.)

| 6부 |

죽자고 글쓰기

내 수필을 한 글자로 표현하면
'길'이다.
떠나거나 걷거나 그 위에 서 있거나

길이란
궁극적으로는
그 어디쯤에 이르는 것을 전제로 한다.

새가 되어서 섬으로

점심밥을 먹다가 생각했다. 2015년이구나. 해가 바뀌고도 6개월이나 흘렀다. 천지에 환한 봄날도 지나가고 낮의 길이가 가장 길다는 하지도 지났다. 그런데 이제 와서 문득 2015년이란 생각이 그야말로 전광석화처럼 뇌리에 꽂히는 것이다. 일터의 한구석에서 아침에 대충 챙겨온 부실한 도시락밥을 먹다가 갑자기 '아직도 이러고 있구나.'하는 생각을 했다.

꼭 10년 전에 「근황-2005년의 그대에게」이란 제목의 수필을 썼는데 2015년에 남편의 고향으로 귀향한 내가 2005년의 나, 그러니까 미래의 내가 2005년 현재의 나에게 쓴 글이다. 10년 후의 나는 이렇게 살고 있을 것이다. 밥벌이에서, 아이들 뒷바라지에서 비켜나서 해 뜨면 눈뜨고 해지면 잠자는 편안한 상태, 몸도 마음도 쉬는 생활을 꿈꾸면서 그 글을 썼다. 글 속에서 나는 침침한 눈으로 책을 읽고 마음이 내키면 글도 쓰면서 평화로이 살고 있다. 먼데서 아이들이 온다고 기별을 하면 남편은 군불을 지피는 어처구니없을 만큼 소박한 생활을 하고 있다. 애지중지 끌어안고 있던 오만가지 욕심을 다 버리고 작은 집 한 칸 얻어서 살고 있다고, 전전긍긍 살고 있는 2005년의 나에게 그래 너 수고한다, 10년 후에는 이렇게 사는 것이다, 상상하며 그 글을 썼다.

그때, 정말 일터를 벗어나고 싶었다. 절실하고 절절했다. 건강도 나빠져 있었고 무엇보다 가슴이 나에게 산으로 들로 나가라고 소리쳤다. 가고 싶었다. 물소리 바람소리 새소리 들리는 곳 어디라도 가고 싶었다. 그냥 온종일 한 자리에 앉아서 멍하니 있고 싶었다. 그건 몸부림 같은 것이었는데 다만 속에서만 뒤척이고 출렁거리고 뒤집는 것이었다. 겉으로는 어떤 기척도 느껴지지 않는, 그래서 그런 열망 따위는 전혀 없는 듯이 잘 살고 있었다. 그래그래, 10년이면 되겠다. 사실 은퇴할 나이도 아니지 않는가. '그대'란 이름의 자아를 달래면서 글을 쓰고 보니 정말로 그럴듯해서 거의 최면이 된 것 같았다. 생각만 해도 가슴이 뛰었다.

10년, 쉰셋에서 예순셋이 되었다. 「새」, 「섬」따위의 수필을 쓰면서 나는 여전히 자유와 고요를 갈망하면서 살고 있었다. 아무것도 달라지지 않았고 오직 할머니가 되어가고 있었다.

그래서 슬픈가. 그렇지는 않다. 또 그런 이야기도 아니다. 나는 여전히 집과 일터를 오가고 틈나는 대로 책을 읽고, 글은 대체 언제 쓰냐는 질문을 받으면서 비교적 다작을 하고 있다. 그 덕에 책도 여러 권 냈다. 그랬으면 된 것이다.

2015년이구나. 불현듯 뇌리에 꽂힌 이 생각의 정체는 무엇인가. 아, 나는 '새'가 될 수 없겠구나, '섬'으로 가지 못하겠구나. 새와 섬은 내 지향을 상징하는 것이고 동시에 내 정서를 표상하는 낱말이다. 물론 새도 생존하기 위해 치열하게 싸우고, 섬에도 먹고 살기 위해 생사를 넘나들며 영위하는 삶들이 있다는 걸 모르지 않는다. 어디까지나 추상적인 열망을 구체적인 대상에 빗대어 표현한 것일 뿐이다.

생각은 참 많은데, 너무 많아서 뇌리도 가슴도 늘 꽉 차서 몹시도 무거운데 평생의 습관인 행위의 결여는 여전하다. 그게 지금의 나를 만들었다. 2015년의 나로 한 발작도 내디디지 못한 이 몹쓸 안주라니! 온갖 것이 다 근심이 되어서 나를 묶었다. 나이가 더 들면 아픈 데도 점점 많아질 텐데 병원이 멀어서 요샛말로 '골든타임'을 놓치면 어떡하나. 성당이 없어서 미사 참예를 못하면 안 되겠지. 노후준비도 제대로 못했어. 아이들 뒷바라지해야하는데 경제력이 없으면 어쩌나. 그밖에도 '무엇'들과 '등등'들에 스스로 포로가 된 것이다.

그래서 불행한가. 앞서도 말했지만 그렇지는 않다. 또 그런 이야기도 아니다. 곰곰이 생각해보고 거듭 궁리해 봐도 뾰족한 수가 없다. 오랜 전에 한 친구가 내 글을 읽고 속상해했다. 제목이 「떠나지 못하는 이유」였는데 모처럼의 휴가를 집에서 보낸 이야기다. "왜 그렇게 사느냐" 했다. 최근에 한 문우는 이런 말을 했다. '맛없는 것 안 먹고, 하기 싫은 일 안한다.' 시간이 얼마나 남았다고 그러고 살겠냐는 것이다. 단호하고 명쾌하다. 맞는 말이다. 그 말을 듣는 순간 나는 활짝 웃었다. 듣는 것만으로도 기분이 좋았다.

고향마을 작은 집 툇마루에 앉아서 무심히 하늘이나 바라볼 시간이 내 생애에 과연 마련되어 있을까. 참 꿈같고 물색없는 바람이다. 나는 내가 나를('나'의 중복을 양해해주시길.) 어찌하지 못할 것이란 걸 잘 알고 있다. 하지만 끝까지 희망을 버리지 않으려 한다, 더 늦기 전에 '새'가 되어서 '섬'으로 가겠다는.

(2015.)

섬, 단순하고 조용한 삶
―나의 삶, 나의 수필

    수필「섬」은 내게 특별한 작품이다. 문학적 완성도와는 별개로 이 글을 소중히 여긴다. 글을 쓰기 위한 장치 그러니까 소재의 선택부터 구성, 주제설정까지 어떤 의도도 없이 막 써내려간 글이다. 니코스카찬차키스가 조르바의 사망소식을 듣고 '막 써내려' 간 소설이 한때 내가 경도되었고 떠올릴 때마다 다시 읽고 싶을 정도로 매력적인『그리스인 조르바』이다. 물론 그에 비할 바는 아니지만 어느 날 시장을 다녀와서 앉자마자 아무 망설임 없이 '섬' 제목부터 썼다. 그리고 써내려갔다.

    언제였는지 모르겠다. 장 그르니에의『섬』을 읽었다. 경이로웠다. 섬이 뇌리에, 가슴에 머물렀다. 그날, 투명한 비닐로 칸을 지른 간이식당에 앉아서 수제비를 먹을 때 참 편안했다. 먹다가 생각하니 이건 정말 비밀이다, 익명의 자유로움이다. 그런 생각이 들었다. 사람들에게 완전히 노출된 채로 잊히는 것, 소란스러움 속에서 혼자 있는 것, 그게 데카르트가 취한 '비밀스러운 삶'의 방식이다. 장그르니에는 '마른 돌담 하나만으로도 나를 보호해주기에 족'하다면 그곳이 어디든 '섬'이 될 수 있다고 했다. 낯선 곳이 아니어도 좋은 것이다. 익숙하지만 '비밀'을 간직할 수 있으면 그것으로 그만이다. 내가 꿈꾸는 섬도 그렇다. 조용히 지낼 수 있는 시간과 공간이 곧 섬이다.

나는 일을 하고 있고 그 일이 사람들을 만나는 것으로 시작된다. 일터를 찾는 이가 누구든 유리문만 열면 만남은 이루어진다. 그게 좋지 않다는 의미는 아니다. 수많은 사람, 아니 거의 대부분의 사람들이 그렇게 살고 있다. 다만 조용한 공간, 고요한 시간에 대한 내 열망이 매우 크다는 것이다.

20대 초반에 시작한 일을 아직도 하고 있다. 40년이다. 초기에는 근무시간이 지나치게 길었다. 내가 책읽기를 좋아했고 글쓰기를 기뻐했던 문학소녀였다는 것을 깡그리 잊고 살았다. 노역은 힘들었지만 그건 모든 사람들이 그렇게 살아가는 것이기 때문에 특별할 것이 없다. 누구나 밥벌이를 하고 밥벌이는 사람들에게 많이 노출될수록 좋은 법이다. 그 점에 불만은 없었다.

그리 살았던 것인데 어느 날 불현듯 내 속에 웅크리고 앉아 있던 예의 그 문학소녀가 눈을 빠히 뜬 것이다. 책을 읽기 시작했다. 너무 읽고 싶어서, 읽고 있는데 다른 책이 또 읽고 싶어져서 누르고 누르며 읽어야했다. 그러다가, 어쩌다가 글을 쓰기 시작했는데 이 욕구가 끊임없이 꾸역꾸역 올라오는 것이었다.

빈 방, 비어있는 시간이 필요했다. 세상은 언제나 소란스럽고 갖가지 근심에 휩싸인 내 속은 늘 어지럽혀져 있었다. 그 어디쯤에서 장 그르니에를 만났다. 수필 「섬」에서 서술했듯이 그런 차원의 '섬'에 도달하기란 무척 어렵고 더구나 내 안에 그런 격이 다른 '섬'을 품을 수도 없는 노릇이었다. 하지만 나는 이따금 '섬'을 만난다. 그런 정황을 '섬'에 들었다고 표현하는 나의 심상은 매우 주관적이어서 공감을 얻기 어려울 수도 있겠다. 아무튼 '섬' 안에서 나는 고요하고 평화롭다. 그 고요와 평화가 귀해서 「먼 곳 또는 섬」, 「꽃 섬, 꽃바람」을 썼고 또 「섬」을 썼다.

막 써내려갔다, 어떤 장치도 없었다, 오직 속에 있는 것들을 쏟아냈다. 이렇게 말하면 과장이라 할 것인가. 아니다. 언제든지 쓸 준비가 되어있었다고 해야 맞을 것이다. 장치란 말이 나왔으니 덧붙일 게 있다. 「섣달그믐밤」은 내가 많이 좋아하는 글이다. 텔레비전을 시청하다가 광해군이 아직 임금이었을 때 "섣달그믐밤의 쓸쓸함에 대해서 논하라."를 과거시험의 시제로 내렸다는 말을 들었다. 불현듯 과거시험을 보고 싶다는 생각이 들었다. 그뿐, 소재는 수첩 속에서 두어 해 잠자고 있었는데 몇 해 전 섣달그믐밤에 글을 쓸 마음이 강하게 일었다. 임금이 원하는 답안은 헤아릴 바 없었으나 그저 내 마음이 시키는 대로 써볼 요량이었다. 내용과 형식을 먼저 선택하고 단락의 배치를 궁구했다.

「평범한 날의 평범한 이야기」, 「밥 먹는 여인」도 그러했다. 장치와 의도는 작위와는 다르다. 구성양식, 표현기법, 형상화 과정을 거치는 것이다. 상상과 현실을 교차해서 서술하기도 하고, 작가관찰자시점視點, 혹은 작가전지적시점에서 풀어나가기도 했다. 변화를 모색해 본 것이다. 이런 작품들이 완성도는 높을지 모르지만 내 취향은 아니라는 생각이다. 나는 그냥, 그저, 써내려가는 것이 좋다. 「섬」은 냇물 흐르듯이, 바람 불듯이 쓴 글이다. 수필로서 어느 쪽이 윗길인가는 내 관심사가 아니다.

비 내리는 날 쓴 글이 많다. 비가 내리면 쓰고 싶어진다. 정조情調가 그렇게 만드는 것이다. 비가 내리면 누구나 바깥을 내다보게 된다. 나무들이 젖고 길이 젖고 강물이 젖으면서 사람도 젖는다. 차분해지고 사유가 깊어진다. 책상에 앉고 싶어지는 건 자연스러운 정서가 아니겠는가. 그게 맞는데 그날 나는 평소에 하지 않던 걸음을 했다.

우산을 찾아들고 길을 나섰을 땐 사실 아무 계획도 없었다. 다리 위에서 강물을 내려다보다가 비의 촉감을 느끼고 싶어서 우산을 접었다. 우산이 있는데 쓰지 않고 비를 맞는다, 그게 나인가? 상관이 없었다. 어물전을 둘러보았다. 거기 절절한 삶, 펄펄 살아있는 건강한 삶이 있었다. 고등어는 그 삶에 이 끌려서 저절로 사게 된 것이다. 그리고 오찬, 수제비는 뜨끈하고 맛있었다. 거기서 예기치 않게 익명의 희열을 맛보았다. 나와 오찬을 함께한 모르는 남자, 오찬을 차려준 아주머니, 불편하지 않았다. 편안했고 고요했다. 물론 허락을 구하지 않고 맞은편의 남자를 묘사한 건 미안한 일이다. 수필을 쓰면서 자주 맞닥뜨리게 되는 곤혹스러운 경우다. 대체 무슨 권리로 그를 또는 그녀를 내 글에 등장시키는가.

이게 바로 '섬'이구나. 수제비를 먹으면서 그런 생각을 했다. 돌아와서 내가 어찌 글을 쓰지 않을 수가 있겠는가. 내가 사랑하는 장 그르니에의 조용한 삶, 그리고 장 그르니에가 부러워한 데카르트의 비밀스러운 삶을 나도 조금은 살아갈 수 있을 것 같았다. 하지만 수필 「섬」의 말미에서 말했듯이 나는 여전히 단순하고 조용한 삶을 살아가지 못하고 있다. 그 까닭은 내가 노출된 채로 살고 있어서가 아니라 내 안에서 엎치락뒤치

락하며 잠시도 나를 놓아주지 않는 오만가지 욕심들 때문일 것이다. 많고도 많은 해야 할 일들과 가져야 할 것들이 낳을 무거운 근심들 때문에 앞으로도 소란스러운 삶을 이어갈 수밖에 없을지도 모르겠다. 그럼에도 불구하고 나는 단순하고 조용한 삶을 지향할 것이고 이따금은 운 좋게도 그런 시공간을 가질 것이라 기대한다.

(2015.)

살아내기 그리고 글쓰기

누군가 나를 심산유곡의 맑은 물가로 불러냈다. 그가 걸어 오는 말에 내 대답은 가난하다. 아무려나 계곡물에 발 담그고 탁족의 한때를 보낸다. 이 지면이 바로 그곳이다. 그리고 현문 에 우답, 그게 이 글의 내용이다.

한 작가가 수십 편의 수필에 일관된 메시지를 담기란 어렵다 는 생각이다. 하지만 전체작품을 관통하는 정신은 있을 것이 다. 다른 글에서 이미 썼지만 내 수필을 한 글자로 표현하면 '길'이다. 떠나거나 걷거나 그 위에 서 있거나 길이란 궁극적으 로는 그 어디쯤에 이르는 것을 전제로 한다. '밥'은 그 길을 걷는 자의 양식이다. 육신의 양식이며 영혼의 양식이다. 그런 의미에서 '밥은 숭고하다. 밥은 절절하다. 밥은 절체절명의 명 제다. 밥은 형이하학이며 동시에 형이상학이다.' 라고 수필「 밥」에서 이미 진술하였다.

모든 존재는 길 위에 있고 그 길에서 실존하기 위해서 절대로 놓칠 수 없는 게 '밥'이겠다. '밥'이란 위에서도 서술했듯이 먹는 것일 수도 있고, 채우고 싶지만 채워지지 않는 욕망일 수도 있다. 그런 견지에서 보면 '새', '섬', '밥', '길.4'를 한 줄에 꿸 수도 있다. 그 뿐만 아니라 나의 다른 작품들도 대부분 그 줄에 세울 수 있겠다. 작가가 미처 인식하지 못한 의미를 캐내는 게 평자의 몫이다. 그 점에 동의한다.

길 위에 있는 자는 고단하고 외로운 법이다. 길을 걸을 때, 멈추어 섰을 때, 그리고 종착점이 보이지 않아서 퍼질러 앉았을 때 내가 열망하는 게 있다. 바로 자유(=편안함)이다. 내게 있어서 자유란 굴레에서 벗어나 훨훨 나는 게 아니다. 내 새장에 새가 있고 그 새는 날고 싶어 하지만 어디론가 날아가 버리고 싶은 건 아니다. 내게 있어서 자유와 동의어인 편안함은 일탈도 초월도 아닌 '멍하니' 와 유사한 의미다.

신천의 새를 바라보고 있을 때, 늦은 저녁에 서늘한 강물에 발목을 담그고 있는 새를 오래 바라보고 있을 때, 내 바람은 그 검은 새(늦은 시각이어서 검게 보였는지도 모른다.)가 이제 그만 둥지로 날아갔으면 하는 것이었다. 물론 연민이다. 존재하는 자의 고단함에 전적으로 공감한 것이다. 하지만 그게 꼭 무거운 감정만은 아니다. 가벼움까지 포함하여 새와 공감하고 공유하며 공존하는 마음이라고 해야 맞다.

'검은 새'가 승화하여 '흰 새'가 된 것일까. 읽기에 따라서 그럴 수도 있고 아닐 수도 있겠다. 그 둘은 때로는 하나이며 때때로는 각각의 개체이다. 아무튼 생노병사와 희로애락을 지닌 존재를 '새'에다 투영한 것이다. 수많은 질곡을 건너고, 사막에서 버텨야하고 결국은 넘어서야 하며, 어딘가에 닿고 마침내는 등짐을 내려놓는 것, 그게 새와 내가 희망하는 편안함이다.

'새', '섬', '밥', '길'이 다 상징어이다. 수필은 구체적이어야 한다. 그런 지론에서 보면 상징 또는 은유는 반수필적일 수도 있겠다. 하지만 어쩌겠는가, 작가에게는 그가 고집하는 작법도 있는 것이다. 「섣달그믐밤」은 바로 그런 의지의 발로이다. 하여 이 글을 나는 가장 좋아한다. 문학적 완성도와는 별개문제다. 그 글을 쓰기 전에 오랜 상상의 시간을 가졌다. 마음껏 상상했다. 그리고 젊은 왕을 불러냈다. 그 왕은 역사적으로 성공하지 못했다. 하여 더 마음이 아팠고, 존재의 근원적인 고뇌를 그와 나누고 싶었다. 그를 불러내어 내가 위로 받았다. 눈물이 보이지 않는 글이지만 행간은 눈물로 질퍽하다.

나뭇가지에 걸려서 찢어진 채로 펄럭이는 '비닐봉지'에게도 이젠 쉬어야지, 이젠 돌아가야지, 하고 배웅하는 마음을 보냈다. 글줄 위에 드러난 의미는 환경오염에 관한 메시지일 수도 있겠지만 정작 내 마음은 이미 갈 길을 다 간 '비닐봉지'를 편안하게 해 주고 싶었던 것이다.

글에는 직설도 있고 은유도 있지만 신천에서 바라 본 새들은 구체적으로 실재하는 생명체들이며 그들의 한살이는 그리 다르지 않다. 은유로 표현했든, 상상을 형상화했든 글 속의 현상은 구체적인 삶, 그 현장에 근간을 두고 있으며 그것으로부터 육화한 것이다. '새가 꿈꾸고 내가 열망하며 동시에 내 안의 새를 날려 보내고 싶은, 그 자유란 그러니까 곤고한 일상의 뒤에 찾아오는 것이다. 일상은 고단한 날개 위에 내려덮이는 어둠이며, 늦은 저녁의 허기이고, 시린 발목이다.' 나머지 문장들은 군더더기다. 이것이 수필 「새」의 핵심이다. 그리고 '길 걷기'와 '살아내기'와 '글쓰기'의 핵심은 진실이다. 하지만 진실이라고 생각하는 그게 과연 진실일까. 그걸 모르겠다. 모르는 채로 진실일 수 있기를 지향할 뿐이다.

작가가 자신의 글을 해석(또는 설명)하는 건 독자의 몫을 제한하는 행위가 될 수 있다는 생각이다. 하여 이 글을 마감일이 임박할 때까지 쓰지 못하고 있었다. 수필을 쓰면서 이따금 아쉬운 점이 있다면 글이 거의 매번 승화된 결말에 이른다는 것이다. 그게 좀 지리멸렬하고 재미없다는 생각이 들 때가 있다.

'언해피엔딩(unhappyending)'인 수필은 어떨까. 또 하나 도무지 안 되는 게 있다. 촌철살인의 해학과 풍자다. 내 글은 그게 없어서 재미가 없다. 줄거리의 문제가 아니라 그냥 재미가 없는 것이다. 이 글이 그 증거가 아니고 무엇이겠는가.

밤이 깊었다. 젖은 발을 닦고 일어나야지. 잠이 맛있겠다. (이런! 또 행복한 결말이다.)

(2016.)

* 참고: 수필집 『새』에 대한 수필가 정임표 님의 평설에 답한 글이다.

죽자고 글쓰기

'길'을 제목으로 하는 다섯 번째 글을 쓸 요량이었다. 소재로 앤터니 퀸 주연의 영화 「길」과 황석영의 소설 「삼포 가는 길」을 선택했다. 글을 쓰기 전에 영화를 다시 보았고 소설도 한 번 더 읽었다. 단맛이 나도록 소재들을 오래 씹으면서 기다리는 동안 봄이 가고 여름이 왔다. 구성이 되었고 글이 나아갈 바도 정해졌다.

서재의 앞뒷문을 열어놓고 써내려가기 시작한다. 뺨에 와 닿는 바람이 선선하다. 새들이 재재거리는 소리, 아이들 왁자지껄 뛰노는 소리, 신천고가도로를 달리는 자동차소리들이 창을 넘어 들려온다. 오수에 빠진 남편의 코고는 소리도 바람 따라 넘어온다. 그는 코를 골면서 자신의 존재를 시시각각 내게 알리고 있고, 나는 문자판 두들기는 소리로 스스로를 증명하고 있다. 한 단락 두 단락 글줄이 이어진다. 그런데 어느 대목에서 더 나아가지를 않는다. 서두부터 되읽고 되읽다가 지리멸렬하다는 생각이 들어서 덮어버린다.

일어났다 앉았다, 일어났다 앉았다. 예서 말 수는 없다. 앉아있기 위해서는 다른 글을 쓸 수밖에 없다. '죽자고 글쓰기'는 어떤가. 이 명제도 다섯 가지 버킷리스트 중에 있는 것이다. 내가 무슨 끝이 뻔히 보이는 심각한 질병을 앓고 있는 것도 아닌데 버킷리스트를 작성한 건 시간을 허투루 보내고 싶지 않아서이다. 분명 분수를 넘는 명제들이지만 죽기 전에 꼭 하고 싶은 일이란 대개 욕심은 넘치고 현실감은 부족하게 마련이다. '죽자고'란 어느 정도를 말하는 것인가. 죽자 사자 매달리는 것인가. 정말 쓰다가 죽는 것인가. 모르겠다. 모르는 채로 써도 그만일 터.

아침부터 궁구한 연작수필 '길'을 실패해서 '죽자고 글쓰기'를 붙잡은 것이지만 영 갑작스런 일은 아니다. 맴돌고 있던 것, 차곡차곡 쟁여져 있던 것이었다. 다만 오늘 쓸 생각은 아니었다. 하여 어떻게 끌고 가야할지에 대한 구체적인 계획이나 깊은 천착이 결여되었다고 해야 맞다. 그런 채로 글을 쓰는 것은 무모한 일일 터이나 오직 열망에 들떠서 매달려보는 것이다.

다른 글에서도 말했지만 나는 이상李箱의 「종생기終生記」 같은 절체절명의 글을 쓰고 싶다. 그렇다면 실제로 목숨을 다해 써야하는데 솔직히 그럴 용기도 재주도 없다. 도박 빚에 쫓겨서 원고료부터 당겨 받고는 마감에 쫓겨 미친 듯이 글을 써댔던 도스토예프스키 같은 대문호나 자신이 정한 시간에는 어김없이 글만 썼던 발자크를 떠올리는 것은 매우 죄송하고, 무라카미 하루키가 지금 생각나는 것도 민망하다.

『혼불』의 작가 최명희는 죽지 않을 수 없을 만큼 치열하게 썼다. 물론 박경리선생도 그러하셨다. 그분들은 죽을 만큼 썼다. 그렇다고 언감생심 그분들처럼 죽겠다는 얘기는 결코 아니다. 세상에는 죽자고 글을 쓴 사람들이 많았고, 나는 다만 그분들이 부럽다는 말을 하고 있을 따름이다.

오, 그러나 나는 나대로 자못 진지하다. 어제 오늘 내리 문자판을 두드리고 있다. 무조건 써내려가고 있다. 어제도 실패했고 오늘도 덮어버렸다. 왜 이러는 것일까. 잘 쓰려고 너무 안간힘을 썼기 때문이다. 천착이 부족했고 그래서 글감이 육화되지 못한 까닭도 있다. 괜찮다. 다시 시작하면 되니까. 내일도 있고 모래도 있으니까.

오후 두 시다. 커피 한 잔만을 놓고 마셨다 놓았다하며 온종일 글만 쓰고 싶은데 그게 생각처럼 되지가 않는다. 글을 쓰고 또 쓰다가 배가 고픈지도 모르고 해가 저무는지도 모르는 상태로 몰입해서 눈이 퀭해지며 머리카락을 집어 뜯은 나머지 머리가 산발이 되어도 내 모습이 어떤지 몰라야하는데, 문장이 긴지 짧은지 비문인지 아닌지도 몰라야하는데 나는 벌써 이 문장이 너무 길어졌다고 생각하면서 쓰고 있다. '죽자고' 라니, 어림없는 소리다.

이 글은 '죽자고 글쓰기' 를 제목으로 하는 한 편의 수필일 뿐이다. 정작 내게 절실한 것은 죽도록 글을 쓰는 행위이며, 삶에서 그 행위가 차지하는 밀도를 높이는 것이다. 하여 이 명제는 고스란히 남아서 두고두고 나를 죽도록 괴롭히고 동시에 펄펄 살아있게 할 터이다.

배가 고프다. 라면을 끓여야겠다. 먹어야하고 잠자야하고, 그 온갖 해야 하는 일 탓에 글쓰기는 자꾸 미루어진다. 하지만 결코 주저앉지 않을 테다. 실패에 실패를 거듭하더라도 죽자고 글을 쓸 생각이다. 그리하다보면 언젠가 종생에 이를 것이려니, 그 결과물이 비록 보잘 것 없다할지라도 나는 나대로 죽자고 글을 쓴 것이 되니까.

(2014.)

멍하니 앉아있기

시간, 오! 언제나 시간이 문제였다. 돈에 쪼들리듯 시간에 쪼들렸다. 영화 「빠삐용」을 너무 일찍 그것도 고강도의 관심을 갖고 본 것 같다. 그 영화에서 내게로 날아와 여태도 뇌리에 남은 한 마디 "인생을 낭비한 죄". 평생을 감옥에서 헛되이 보낸 주인공이 깨달은 죄, 그것은 인생을 낭비한 죄였다. 실은 그의 의지와 전혀 상관없이 전개된 사태였지만 그는 그렇게 생각했다. 그렇게 생각하지 않고는 감옥에서 늙어버린 자신을 납득하기 어려웠을 것이다.

나는 '인생을 낭비한 죄'라는 죄를 짓게 될까봐 겁이 났다. 어쩌면 시간에 대한 강박관념을 부정하려고 스스로 만들어낸 핑계일지도 모른다. 아무튼 젊어서부터 나를 지배해 왔던 명제는 '밀도 높은 삶'이었다. 그러니까 좌우명 같은 것이다. 당연히 낭비할 시간이란 없었다.

돈에 쪼들리듯 시간에 쪼들렸다고 했다. 돈과 시간에는 공통점이 있다. 언제나 돈이 부족하다고 느끼는 건 그 돈이란 것으로 꼭 필요한 뭔가를 취해야 하고, 때로는 불필요한 것까지도 거머쥐고자 하는 욕망에 사로잡히기 때문이다. 시간도 다르지 않다. 주어진 시간을 알맞게 쓰면 좋을 텐데, 자꾸만 욕심을 내기 때문에 부대끼고 지치는 게다.

밥 먹고, 일하고, 잠자고 외에 다른 무엇을 해야 한다. 이를테면 글쓰기도 그 다른 무엇에 해당한다. 다른 무엇인가를 하기 위해서는 따로 시간을 마련해야하고, 그걸 하기 위한 바탕을 만들어가야 한다. 글쓰기를 위한 바탕이란 게 무얼까. 체험하고 느끼고 사유하는 것, 사람과 사물, 세계와 현상을 더 많이 인식하기 위해 대문 밖으로 나서는 일 따위다. 글쓰기 하나만 생각해도 할 일이 한두 가지가 아니다. 게다가 내가 하고 싶고, 얻고 싶은 게 어디 그뿐이겠는가.

보다 가치 있는 무엇인가를 열망하면서 수십 년을 보냈다. 밀도 높은 삶을 살았던가. 그럴 수도 있고 아닐 수도 있겠다. 이제 멈추어 서서 스스로를 마주보니 나는 여전히 가난하다. 늘 모자란다고 생각하니 가난할 밖에. 이쯤에서 툭 털고 가야지. 시간은 얼마든지 있다. 또 없으면 어떠랴. 그만했으면 됐다.

시간을 무심하게 보내기위한 방도로 생각해낸 것이 '멍하니 앉아있기'다. 수년 전에 나는 버킷리스트를 작성했다. 그 몇 가지 중에 '멍하니 앉아있기'가 있다. 멍하니 앉아있기, 아무것도 안하는 건 물론이고 아무 생각도 없이 그냥 있으면 되는 게다. 참 쉬울 것 같았고 언제든 하면 될 것 같았다. 아직은 남은 시간이 많으리라 여겨져서 일을 그만두면 해보자고 남겨두었다.

최근에 나를 놓아버리자는 마음이 절실해져서 소파에서, 침대에서 넋을 놓고 앉아있기를 시도해보았다. 하지만 생각이하 많아서, 자잘한 근심거리가 또한 너무 많아서 도무지 '멍하니'가 되지 않는 것이다. 그게 잘 안되어서 우선 잠이라도 많이 자기로 했다. 휴일엔 일부러 낮잠을 잔다. 낮잠을 자버려서 긴 밤을 뒤척일 때도 있지만 뭐 괜찮다. 늦은 아침밥을 먹고 텔레비전을 보다가 지루해지면 누워서 읽던 책을 편다. 페이지를 넘기면서 아파지는 팔과 무거워지는 눈이 나를 오수로 밀어 넣는다. 그 순간의 나른한 만족감을 표현할 재주가 없다.

잠에서 깨어나 물을 마시려고 냉장고로 가다가 문득 내다본 창밖 풍경이 멋지다. 먼 산 능선도 그대로 푸르고, 고가도로 위의 자동차들도 같은 속도로 달리고 있으며 신천의 물도 얇게 주름지며 흐르고 있다. 세상이 그대로 있어줘서 고맙다. 잠자는 동안 나는 시간을 놓아버린다. '멍하니'를 일단 미루고 잠으로 시간을 놓아버리는 연습을 한 것이다.

지난 일요일엔 점심을 먹은 후 아파트 마당에 놓인 벤치에 앉아서 시간을 보내며 해가 저무는 걸 보았다. 놀이터에서 깔깔대는 아이들을 보다가, 먼 하늘을 바라보기도 하고, 오가는 이웃들에게 실없이 웃어 보이기도 했다. 그런데 '멍하니'는 역시 잘 되지 않았다. 나도 모르는 사이에 생각에 골몰했고, 생각은 또 다른 생각들을 불러내서 다시 생각하게 했다. 머릿속을 비워내는 것, 그건 분명 내 깜냥을 훨씬 웃도는 어떤 경지인 게다. 그런 채로 나는 '멍하니'를 거듭할 것이다.

사전을 찾아봤다. 멍하다 – 얼이 빠진 듯이 멍청하다. 내가 원하는 게 바로 '얼이 빠진 듯이'의 상태이다. 그 얼이란 게 별 쓸모도 없이 복잡하기만 하다. 자, 넋을 놓아버리자. 그러면 시간이 남아돌고 그 남아도는 시간에 멍하니 앉아있으면 된다. '멍하니'가 나를 편안하게 해줄 것이려니, 나머지는 잊어버리자. 그런데 그게 잘 되려나?

(2014.)

허창옥 연보

1953.   경북 달성군 성서면 본리동 감천리에서
        아버지 허정수와 어머니 나순이의 2남
        4녀 중 다섯째로 태어남. 대구 월배성당에서 유아세
        례 받음(데레사)
1961.   본리 초등학교 입학. 4학년 때 새싹회 주최 전국 백
        일장에서 산문 「감」으로 입상, 어린이 잡지 『어깨동
        무』에 게재됨
1967.   효성여자중학교입학, 문예반활동, 스승의 날 기념
        전국공모에서 산문 「우리 선생님」으로 우수상 수상,
        백일장활동으로 졸업식 때 공로상 수상
1970.   경북여자고등학교입학, 문예반 활동
1972.   효성여자대학교(현 대구가톨릭대학교) 약학과 입학.
        76년 졸업. 약국 개설
1974.   1월 1일 어머니 선종
1980.   박용호와 대구 계산성당에서 혼배
1982.   3월 20일 딸 찬미 태어남

1984.   10월 1일 아들 일청 태어남

1989.   제17회 전국약사문예에서「할머니 회상」으로 수필
         부문 당선

1990.   『월간에세이』 2월호에「뜰을 갖고 싶다」로 초회추
         천, 10월에「이장移葬」으로 완료추천 등단함

1990~.   대구시 약사회 편집위원으로 수년 간 활동하면서 약
         사회보에 콩트와 칼럼「청심언」, 약사공론에「춘추
         필적」 연재

1991.   『월간에세이』에「허창옥칼럼」 연재, 매일신문에「
         여성칼럼」 씀

1993.   매일신문「매일춘추」 집필

1994.   12월 30일 매일신문에 송년수필「해 저문 날의 독백」
         게재. 8월부터 5개월간 영남일보 주말영남에「조제
         실 정담」 연재
         제6회 약사문학상 수상. 대한약사회장 표창

1995.   9월 15일 영남일보 여성 명사 릴레이 집필「나의 소
         녀시절」 게재

1996.   1월 3일 문학의 해 선포기념 TBC 생방송 "좋은 아침
         입니다" 출연

2002년   "여성작가 3인 토크쇼" 출연, 2005년 "향토의 작가"

출연, 일상과 문학세계 조명(TBC)

1997.　첫 번째 수필집『말로 다 할 수 있다면』을 〈문학수첩〉에서 출간함

1997.　제15회 대구문학상 수상

2000.　매일신문에「내 쉴 곳은 작은 내 집뿐」등 2007년까지 "주말에세이" 5회 게재

　　　　2월 29일 대구일보 새천년특집「나의 문학, 나의 21세기」게재

　　　　『대구문학』봄호 새천년특집「21세기 문학의 전망과 과제」에「문학, 그 영원한 효용성」발표

2002.　한국문예진흥원 문예진흥지원금 수혜, 두 번째 수필집『길』을 〈도서출판 그루〉에서 출간.

2005.　계간『수필세계』봄호~ 2010년 봄호까지 산문산책「그날부터」연재

2007.　산문집『국화꽃 피다』를 〈북랜드〉에서 출간

　　　　10월 3일 대구문학제 시노래 축제 중 노랫말「그대 뒷모습」을 써서 고무밴드의 김영주님이 작곡, 노래함

2008.　세 번째 수필집『먼 곳 또는 섬』을 〈선우미디어〉에서 출간

2009~2019,　매일신문 〈신춘문예〉, 매일신문 〈시니어문학

상〉, 대구일보 〈경북문화대전 전국수필대전〉, 영남
일보 〈책사랑 전국주부수필 공모전〉 등 수 차례 심사

2010.　수필선집 『세월』 현대수필가 100인선 〈좋은수필사〉
출간

2013.　네 번째 수필집 『새』를 〈선우미디어〉에서 출간
산문집 『그날부터』를 〈수필세계사〉에서 출간

2014.　수필선집 『섣달그믐밤』을 〈선우미디어〉에서 출간

2017.　영남일보 「여성칼럼」 12회 연재

2017~　현재. 계간 『수필세계』에 산문산책.2 「오후 네 시」
연재

2020.　다섯 번째 수필집 『감감무소식』을 〈선우미디어〉에
서 출간

저서

수필집:　『말로 다 할 수 있다면』(문학수첩 1997년)

『길』(도서출판 그루 2002년)

『먼 곳 또는 섬』(선우미디어 2008년)

『새』(선우미디어 2013년)

『감감무소식』(선우미디어 2020년)

산문집:　『국화꽃 피다』(북랜드 2007년)

『그날부터』(수필세계사 2013년)

수필선집: 『세월』(현대수필가 100인선, 좋은수필사 2010년)

　　　　『섣달그믐밤』(선우명수필선, 선우미디어 2014년)

문단 활동

1990~2004. 대구여성문인회 회원

1992~2004. 영남수필문학회 회원

1999. 수필문우회에 입회

2003~5. 대구문협 수필분과위원장

2004~5. 대구가톨릭문인회 부회장

2007~2010. 대구수필가협회 부회장

2013~2014. 대구수필가협회 회장

현재　　한국문인협회, 한국수필가협회, 수필문우회, 대구
　　　　문인협회, 대구수필가협회, 대구가톨릭문인회 회원

수상

제34회 한국수필가협회문학상(2016)

제1회 김규련수필문학상(2016)

제15회 대구문학상(1997), 제6회 약사문학상(1994)